# 岁月静好 不忘初心

林清玄 著

綫裝書局

图书在版编目（CIP）数据

岁月静好　不忘初心 / 林清玄著. — 北京：线装书局，2015.2
ISBN 978-7-5120-1699-6

Ⅰ. ①岁… Ⅱ. ①林… Ⅲ. ①散文集—中国—当代
Ⅳ. ①I267

中国版本图书馆CIP数据核字(2015)第002715号

本书由台北九歌出版社有限公司授权出版

岁月静好　不忘初心

著　　者：林清玄
责任编辑：杜　语　孙嘉镇
排版设计：王　玥
出版发行：线装书局
　　地　址：北京市西城区鼓楼西大街41号（100009）
　　电　话：010-64045283　64041012
　　网　址：www.xzhbc.com
经　　销：新华书店
印　　制：北京上元柏昌印刷有限公司
开　　本：620mm×889mm　1/16
印　　张：14
字　　数：141千字
版　　次：2015年4月北京第1版　2015年4月第1次印刷
印　　数：10000册

定　　价：29.80元

林清玄

# 【目录】

序 言

# 走在月光下

读释迦牟尼的传记，有一段非常感动我。

当他看到人们遭受生老病死、爱别离、怨憎会、所求不得、烦恼炽盛的种种痛苦，使他感到一种巨大的苦恼，希望能寻找到解决痛苦的方法，为了这异乎寻常的追寻，他甚至舍弃亲人和王位，进入雪山的森林中。

接着，他花了几年的时间，追随圣者修行，试验了各种修行方法，他依然感到无法脱出生死的轮回。

由于当时的修行者都实行苦行与禁欲，释迦牟尼也和其他修行者一样进入了完全知性的艰苦修行,甚至每天只吃“一麻一麦”，使他变得憔悴不堪，最后虚弱得昏倒在地上。正好有一个牧羊的女孩经过，给他喝了一碗羊乳，他才醒转过来，于是，他开始饮食，因为他知道，如果他还没有解决生死问题就死去，就永远无法完成自己的追求。

既然完全知性的修行生活无法解脱人的痛苦，到底要用什么方法呢？

有一天，他来到菩提树下，对自己说："若不能证得实相，就不起此座。"然后他坐在菩提树下，开始进入禅定三昧，并历经了魔王巨大的考验，经过了七天七夜，从三昧中出定，正好看见天边一颗明亮的晨星，他彻底地证到了生命的实相，感叹地说："一切众生都有如来智慧德相，只因妄想执着不能证得。"

我读到这一段，内心充满了感动，深深地知觉到当他看见晨星的明亮时，是非常感性的，它说明了完全理性的"识"永远不能达到无限的境地，唯有活泼的、直观的、充满慈悲的胸怀、从智慧的大海中流出的菩提与般若，才能唤醒自我，找到生命的真实。

一个人生活在婆娑世界的苦难之中，希望能追求卓越、寻找巅峰，为生命锤炼塑造一个最理想、最完美、最究竟、最伟大的人格，不是感性的极致吗？

修行之道，最重要的是慈悲与智慧，一个人若不能培养出清净广大敏感柔软的心，就不能对人类、动物、虫蚁有真实的慈悲，同样的，一个人若不能有真切动人的胸襟与风格，就无以落实到思维的核心，开启直观世界的智慧。这是感性与知性平衡的，若我们没有视众生病如己病，疼众生苦而如己苦，我们就永远无法进入心海。

林清玄

永吉路客寓

# 梦幻泡影

我们没有时间消极颓丧，
而应该奋起精进，
不要一生都在梦幻泡影、
如露如电中过去。

香港有一首生日歌，其中的两句是“愿你年年有今日，岁岁有今朝”，虽是生日祝愿之词，听了却叫人暗暗心惊。年年有今日，岁岁有今朝不是很自然的事吗？何必当成一种祝愿呢？

不幸的是，很多人不能年年有今日，岁岁有今朝，因为有的人等不到明年生日就已经离开这个尘世了，还有的人虽不致如此，却是年年境遇改变，将来不一定有今日的境遇了。当然，最可肯定的是年年的今日都比今年的今日要老去了。

有时，做这样的观想会使我们冷汗直冒：就以生命而言，我们从婴儿而童年、而少年、而青年、而中年，很快就要步入老年，几乎每一天每一月都离死亡更近了。我们偶尔想起近事，去年，乃至昨日，都仿佛是飞驰而过，一下子就去得很远。而我们认识的人，有比我们老的，与我们相同年纪，甚至比我们年轻的人已经去世了，再也寻找不到他们的踪影。

生命是如此无常，伴随生命的事件就更不可把握了，我们看见恩爱的情侣瞬间反目，我们看见贫贱的人突然暴富，我们也看见了达官贵人遽然身败名裂。

如果我们真实地观想到生命所能想象或感受，乃至创造的世界（有为法），就会知道我们不能确定将来会发生什么事，因为没有一件事能超越无常，没有一件事能超越变灭，别人的境遇会改变，我们也会！别人会老会死，我们也会——这样想来，当我们说“年年有今日，岁岁有今朝”就变成一个伟大而不可企及的愿望了。

“一切有为法，如梦幻泡影，如露亦如电，应作如是观。”是真切地说出了无常，也告诉我们，人没有多余的时间和精神在有为法中住留和追求，人应该更努力来开启悲心的发展和空性的证得。

因此，我们没有时间消极颓丧，而应该奋起精进，不要一生都在梦幻泡影、如露如电中过去。有一位修行人说过两句话，值得背诵，他说：

“时时可死，步步求生！”

这才是了透无常，一等一的修行。

# 知足常乐

不知足的心容易被五毒障蔽，
充满了贪婪、嗔恚、愚痴、
傲慢，与怀疑，
不知足的人也不能领会
单纯平静的喜乐，
找不到身心平衡的定点。

有一次到动物园去参观，在猴群聚集的地方，有一个游客丢一根香蕉给猴子，结果一大群猴子都来抢香蕉，甚至你推我挤、大打出手，一直到猴王出现了，才平息抢香蕉的纷争。

动物园的人告诉我，再一个小时就要来喂食了，地上也还有一些早上未吃完的食物。这使我知道，猴子抢食香蕉乃不是为了饥饿，而是因为贪欲，因为不能知足。即使它们都吃饱了，有人丢一根香蕉，还是会打起来。

看到猴子抢香蕉，使我不免有悲悯之念，知道单纯地被欲望支配，是很可悲的。

但是回过头来看人，在这个世界知足的人也很少，尤其是在鼓励消费的资本社会，由于消费意识的高涨，很少人能满足于眼前的生活，总觉得还有更奢华的生活可以追求，美其名为“生活质量”。为了更高的生活质量、更大的消费，人就要拼命地挣钱，钻营奔走、无所不为。许多人就这样奔走一生，最后充满遗憾的心情离开这个世界，只因为“不知足”。

当然，不知足很可能是社会发展的动力，可是不知足也是人性堕落的基因。不知足的心容易被五毒障蔽，充满了贪婪、嗔恚、愚痴、傲慢，与怀疑，不知足的人也不能领会单纯平静的喜乐，找不到身心平衡的定点。

正是因为人性的弱点，因此教我们应该观照知足，有了知足的心才能使心灵平静，常处于净土；有了知足的心才不会为世间的俗事花费太多的时间，有益于沉思；有了知足的心才不会计较利害得失，而能反观自我。

知足，使人即使在最复杂的社会里，也能自在、自由，和自尊。
知足，使人即使在最豪贵的人面前，也能胸怀高旷，充满悲悯。
知足，使人即使在最艰难的困境里，也能安乐富有，充满感恩。

唯有广大的风格才能看大千世界有如木槵树的一颗种子，唯有超越的境界才能使人不被世俗的价值所拘绊，能穿透权位、金玉、感官，达到真实的境地。

一个有广大风格的人才能真慈悲，一个有超越境界的人才会有真智慧，广大的风格使我们能包纳多元的世界，超越的境界则令我们有纯净的生命。

对于心境澄明的人，世俗之物固如空如幻，出世的寄托何尝不如梦如花呢？入世的事物尚不可执着，出世的境界又何尝可以依托呢？一个人应该回归自心的安宁自在，才能在世出世间得到圆融的智慧。

# 浴着光辉的母亲

完全地溶入，是无私的、
无我的、无造作的，
就好像灯泡的钨丝突然接通，
就会点亮而散发光辉。

在公共汽车上，看见一个母亲不断疼惜呵护弱智的儿子，担心着儿子第一次坐公共汽车受到惊吓。

“宝宝乖，别怕别怕，坐车车很安全。”——那母亲口中的宝宝，看来已经是十几岁的少年了。

乘客们都用非常崇敬的眼神看着那浴满爱的光辉的母亲。

我想到，如果人人都能用如此崇敬的眼神看自己的母亲就好了，可惜，一般人常常忽略自己的母亲也是那样充满光辉。

那对母子下车的时候，车内一片静默，司机先生也表现了平时少有的耐心，等他们完全下妥当了，才缓缓起步，开走。

乘客们都还向那对母子行注目礼，一直到他们消失于街角。

我们为什么对一个人完全无私地溶入爱里会有那样庄严的静默呢？原因是我们往往难以达到那种完全溶入的庄严境界。

完全地溶入，是无私的、无我的、无造作的，就好像灯泡的钨丝突然接通，就会点亮而散发光辉。

就以对待孩子来说吧，弱智的孩子在母亲的眼中是那么天真、无邪，那么值得爱怜，我们自己对待正常健康的孩子则是那么严苛，充满了条件，无法全心地爱怜。

但愿，我们看自己孩子的眼神也可以像那位母亲一样，完全无私、溶入，有一种庄严之美，充满爱的光辉。

## 香鱼的故乡

干净的海，是海豚的故乡；
清澈的溪水，是香鱼和鳟鱼的故乡；
它们宁可做失乡的游魂，
也不愿活在污浊的水域，
是作为人的我们，应该深切反省的。

在台北的日本料理店里有一道名菜，叫“烤香鱼”，这道烤鱼和其他的鱼都不一样：其他的鱼要剖开拿掉肚子，香鱼则是完整的，可以连肚子一起吃，而且香鱼的肚子是苦的，苦到极处有一种甘醇的味道，正像饮上好的茗茶。

有一次我们在日本料理店吃香鱼，一位朋友告诉我香鱼为什么可以连肚子一起吃的秘密。他说：“香鱼是一种奇怪的鱼，它比任何的鱼都爱干净，它生活的水域只要稍有污染，香鱼就死去了，所以它的肚子永远不会有脏的东西，可以放心食用。”

朋友的说法，使我对香鱼的品味大大地提高，是怎么样的一种鱼，心情这样高贵，容不下一点环境的污迹？这也使我记忆起，十年前在新店溪旁碧潭桥头的小餐馆里，曾经吃过新店溪盛产的香鱼，它的体型细小毫不起眼，当时还是非常普通的食物，如今，新店溪的香鱼早就绝种了，因为新店溪被人们染污了，香鱼拒绝在那样的水域里存活。

现在料理店的香鱼，已经不产在新店溪，而要从日本空运过来，使香鱼的身价大大增高，几乎任何鱼都比不上。听说在澎湖某些没有被污染的海域，还能找到香鱼的踪迹，可是为数甚少，早就无法供应吃客的需求了。本来在新店溪旁的普通食物，如今却在台湾找不到故乡，想起来就令人伤感。

每次吃香鱼的时候，我的心情就不免沉重，那种沉重来自香鱼的敏感，在许多人的眼里，所有的鱼作为食物以外，就没有别的意义了。香鱼却不同，因为它的喜爱洁净，使我们更觉得应该有一个清洁的生存空间。在某一个层次上，香鱼是比人更高贵的，我们生活在一个被污染的环境，到处充满了刺耳的噪音和汽车排放的黑烟，可是时间一久，我们就适应了这样的环境，甚至一点抗辩也没有。

没有新鲜的空气、没有干净的溪水、没有清爽的天空，甚至没有安静的听觉，我们都已经悄然不察了，面对着一天比一天沉沦的生活空间，有时我们完全失去了警觉。

香鱼不然，它不肯自甘于污浊的溪水，不肯改变自己去适应一个更坏的环境，于是它选择了死，宁洁而死，不浊而生，那样的气节，更使我们面对香鱼的时候低徊不已。

记得多年以前，我在梨山上，参观过鳟鱼的养殖。鳟鱼是濒临绝迹的鱼类，在台湾，只有梨山上清澈的溪水和适当的水温，能让它们乐于悠游，正由于它们独特的品性，使养殖的人丝毫不敢掉以轻心，也正因为这样，鳟鱼在人们的心目中，永远不会和吴郭鱼相提并论。

有一次我在澎湖的海边度假，渔民们邀请我到海边去欣赏奇景。那一天，许多海豚无缘无故地游到岸上集体自杀，我站在海岸边，看着那些到处罗列的海豚，它们从海里跳到岸上等待着死亡，却没有人知道原因，我也不知道。

海豚的集体自杀，给当地的渔民带来一笔小财，没有人探问它们为什么拒绝生存，我的心里却充满了疑惑：海豚是一种智商很高的动物，它们到底为什么要集体自杀呢？

是不是心情上受了什么委屈？在以前海面干净的往日，是不是也有海豚自杀呢？生物学家恐怕也无法解开海豚自杀的谜题，但是我深知，海豚的自杀不是“无缘无故”，一定有它的理由，只可惜，我们不能理解。唯一可以理解的是，动物有动物的想法，鱼也有鱼的心情。干净的海，是海豚的故乡；清澈的溪水，是香鱼和鳟鱼的故乡；它们宁可做失乡的游魂，也不愿活在污浊的水域，是作为人的我们，应该深切反省的。

有许多饲养鸟类和热带鱼的朋友，经常向我抱怨，不管他们如何细心照料，鸟和鱼都会无故地死去，我想，鱼鸟的死都不是无故的，因为鸟是属于山林的，不属于笼子；鱼是属于河海的，不属于水箱。现在更严重的是，即使在山林河海，由于人为的污染，许多动物都活得不快乐，恐怕在大自然里，只有一种动物对坏的环境能安之如常，那种动物的名字叫作“人”。

几年前，人们在新店溪“放香鱼”，让香鱼回到它的故乡，据说现在新店溪里已有为数极少的香鱼存活，如果河川不继续污染，将来我们食用的香鱼不必从空中来，而是本乡的土产。

香鱼是我们的，故乡也是我们的，我们千万不要让故乡成为香鱼拒绝的地方。

# 秋声一片

由于人在室内改变了自然，
我们就不容易明白
冬天午后的阳光有多么可爱，
也不容易体知夏夜庭院，
静听蟋蟀鸣唱，任凉风吹拂的快意了。

生活在都市的人，愈来愈不了解季节了。

我们不能像在儿时的乡下，看到满地野花怒放，而嗅到春风的讯息；也不能在夜里的庭院，看挥扇乘凉的老人，感受到夏夜的乐趣；更不能在东北季风来临前，做最后一次出海的航行捕鱼，而知道秋季将尽。

都市就是这样的，夏夜里我们坐在冷气房子里，远望落地窗外的明星，怀疑是秋天；冬寒的时候，我们走过聚集的花市，还以为春天正盛。然后我们慢慢迷惑了、迷失了，季节对我们已失去了意义，因为在都市里的工作是没有季节的。

前几天，一位朋友来访，兴冲冲地告诉我："秋天到了，你知不知道？"他突来的问话使我大吃一惊，后来打听清楚，才知道他秋天的讯息来自市场，他到市场去买菜，看到市场里的蟹全黄了，才惊觉到秋天已至。这不禁令我哑然失笑，对"春江水暖鸭先知"的鸭子来说，要是知道人是从市场知道秋天，恐怕也要笑吧。

古人是怎么样知道秋天的呢？

我记得宋朝的词人蒋捷写过一首声声慢，题名就是"秋声"：

黄花深巷，红花低窗，凄凉一片秋声，豆雨声来，中间夹带风声。疏疏二十五点，丽谯门、不锁更声。故人远，问谁摇玉佩，檐底铃声？

彩角声随月堕，渐连营马动，四起笳声。闪烁邻灯，灯前尚有砧声。知他诉愁到晓，碎哝哝、多少蛩声！诉未了，把一半、分与雁声。

这首词很短，但用了十个“声”字，在宋朝辈起的词人里也是罕见的。蒋捷用了风声、雨声、更声、铃声、笳声、砧声、蛩声、雁声来形容秋天的到来，真是令人感受到一个有节奏的秋天。

中国过去的文学作品里都有着十分强烈的季节感，可惜这种季节的感应已经慢慢在流失了。有人说我们季节感的迷失，是因为台湾是个四季如春的地方，这一点我不同意。即使在最热的南部，用双手耕作的农人，永远对时间和气候的变化有一种敏感，那种敏感就像能在看到花苞时预测到它开放的时机。

在工业发展神速的时代，我们的生活不断有新的发现。我们的祖先只知道事物的实体、季节风云的变化、花草树木的生长，后来的人逐渐能穿透事物的实体找那更精细的物质，老一辈的人只知道物质最小的单位是分子，后来知道分子之下有原子，现在知道原子之内有核子，有中子，有粒子，将来可能在中子、粒子之内又发现更细的组成。可叹的是，我们反而失去了事物可见的实体，正是应了中国的一句古话“只见秋毫，不见舆薪”。

到如今，我们对大自然的感应甚至不如一棵树。一棵树知道什么时候抽芽、开花、结实、落叶，等等，并且把它的生命经验记录在一圈圈或松或紧的年轮中，而我们呢？有许多年轻的孩子甚至不知道玫瑰、杜鹃什么时候开花，更不要说从声音里体会秋天的来临了。

自从我们可以控制室内的气温以来，季节的感受就变成被遗弃的孩子，尽管它在冬天里猛力地哭号，也没有多少人能听见了。有一次我在纽约，窗外正飘着大雪，由于室内的暖气很强，我们在朋友家只穿着单衣，朋友从冰箱拿出冰激凌来招待我们，我拿着冰激凌看窗外大雪竟自呆了，怀念着“红泥小火炉，能饮一杯无”那样冬天的生活。那时，季节的孩子在窗外探，我仿佛看见它蹑着足，走入了远方的树林。

由于人在室内改变了自然，我们就不容易明白冬天午后的阳光有多么可爱，也不容易体知夏夜庭院，静听蟋蟀鸣唱，任凉风吹拂的快意了。因为温室栽培，我们四季都有玫瑰花，但我们就不能亲切知道春天玫瑰是多么的美。我们四季都有杜鹃可赏，也就不知道杜鹃血一样的花是如何动人了。

传说唐朝的武则天，因为嫌牡丹开花太迟，曾下令将牡丹用火焙燔，吓得牡丹仙子大为惊慌，连忙连夜开花以娱武后的欢心，才免去焙燔之苦。读到这则传说的时候，我还是一个不经事的少年，也不禁掩卷而叹：我们现在那些温室里的花朵，不正是用火来烤着各种花的精灵吗？使牡丹在室外还下着大雪的冬天开花，到底能让人有什么样的乐趣呢？我不明白。

萌芽的春、绿荫的夏、凋零的秋、枯寂的冬在人类科学的进化中也逐渐迷失了。我们知道秋天的来临，竟不再是从满地的落叶，而是市场上的蟹黄，是电视、报纸上暖气与毛毡的广告，使我在秋天临窗北望的时候，有着一种伤感的心情。

这种心情，恐怕是我们下一代的孩子永远也不会知道的吧！

# 光阴似箭到日月如梭

光阴似箭，是火箭；

日月如梭，是太空梭。

光阴还是似箭，箭箭穿心。

日月依然如梭，梭梭滴血。

小学的时候不知道为什么，所有的小学生写作文、日记、周记，一开始都是“光阴似箭，日月如梭”。

其实，那时候很多人没射过箭，也没有见过织布的梭子。

到四年级，我们的导师才严格规定：不论是作文、日记、周记都不准用“光阴似箭，日月如梭”，要使用那些平常看得见的东西来形容。一时之间，光阴和日月就变得很热闹了。

例如光阴似鱼，日月如鸟。

例如光阴似水，日月如云。

例如光阴似风，日月如电。

也有说光阴似蝴蝶，翩翩飞去；日月如蜜蜂，一次只留下一些甜蜜的回忆。

从此，创造力大开。

一直到四十岁以后，才知道光阴和日月都是快到无法形容和譬喻的。偶尔想起写“光阴似箭，日月如梭”的童年岁月，自己也开心地笑了。

光阴似箭，是火箭；日月如梭，是太空梭。

光阴还是似箭，箭箭穿心。

日月依然如梭，梭梭滴血。

“日历，日历，挂在墙壁，一天撕去一页，使我心里着急。”想起小学的一课课文，现在没有日历可撕了，心里才真的是着急。

# 用岁月在莲上写诗

荷花是宜于观赏的，
是诗人和艺术家的朋友；
莲花带了一点生活的辛酸，
是种莲人生活的依靠。

那天路过台南县白河镇，就像暑天里突然饮了一盅冰凉的蜜水，又凉又甜。

白河小镇是一个让人吃惊的地方，它是本省最大的莲花种植地，在小巷里走，在田野上闲逛，都会在转折处看到一田田又大又美的莲花。那些经过细心栽培的莲花竟好似是天然生成，在大地的好风好景里毫无愧色，夏日里格外有一种欣悦的气息。

我去的时候正好是莲子收成的季节，种莲的人家都忙碌起来了，大人小孩全到莲田里去采莲子，对于我们这些只看过莲花美姿就叹息的人，永远也不知道种莲的人家是用怎么样的辛苦在维护一池莲，使它开花结实。

“夕阳斜，晚风飘，大家来唱采莲谣。红花艳，白花娇，扑面香风暑气消。你打桨，我撑篙，喊一声过小桥。船行快，歌声高，采得莲花乐陶陶。”我们童年唱过的《采莲谣》在白河好像一个梦境,因为种莲人家采的不是观赏的莲花，而是用来维持一家生活的莲子，莲田里也没有可以打桨撑篙的莲舫，而要一步一步踩在莲田的烂泥里。

采莲的时间是清晨太阳刚出来或者黄昏日头要落山的时分，一个个采莲人背起了竹篓，带上了斗笠，涉入浅浅的泥巴里，把已经成熟的莲蓬一朵朵摘下来，放在竹篓里。

采回来的莲蓬先挖出里面的莲子，莲于外面有一层粗壳，要用小刀一粒一粒剥开，晶莹洁白的莲子就滚了一地。莲子剥好后，还要用细针把莲子里的莲心挑出来，这些靠的全是灵巧的手工，一粒也偷懒不得，所以全家老小都加入了工作。空的莲蓬可以卖给中药铺，还可以挂起来装饰；洁白的莲子可以煮莲子汤，做许多可口的菜肴；苦的莲心则能煮苦茶，既降火又提神。

我在白河镇看莲花的子民工作了一天，不知道为什么总是觉得种莲的人就像莲子一样，表面上莲花是美的，莲田的景观是所有作物中最美丽的景观，可是他们工作的辛劳和莲心一样，是苦的。采莲的季节在端午节到九月的夏秋之交，等莲子采收完毕，接下来就要挖土里的莲藕了。

莲田其实是一片污泥，采莲的人要防备田里游来游去的吸血水蛭，莲花的梗则长满了刺。我看到每一位采莲人的裤子都被这些密刺划得千疮百孔，有时候还被刮出一条条血痕，可见得依靠美丽的莲花生活也不是简单的事。

小孩子把莲叶卷成杯状，捧着莲子在莲田埂上跑来跑去，才让我感知，再辛苦的收获也有快乐的一面。

莲花其实就是荷花，在还没有开花前叫“荷”，开花结果后就叫“莲”。我总觉得两种名称有不同的意义：荷花的感觉是天真纯情，好像一个洁净无瑕的少女，莲花则是宝相庄严，仿佛是即将生产的少妇。荷花是宜于观赏的，是诗人和艺术家的朋友；莲花带了一点生活的辛酸，是种莲人生活的依靠。想起多年来我对莲花的无知，只喜欢在远远的高处看莲、想莲，却从来没有走进真正的莲花世界，看莲田背后生活的悲欢，不禁感到愧疚。

谁知道一朵莲蓬里的三十个莲子，是多少血汗的灌溉？谁知道夏日里一碗冰冻的莲子汤是农民多久的辛劳？

我陪着一位种莲的人在他的莲田梭巡，看他走在占地一甲的莲田边，娓娓向我诉说一朵莲要如何下种，如何灌溉，如何长大，如何采收，如何避过风灾，等待明年的收成时，觉得人世里一件最平凡的事物也许是我们永远难以知悉的，即使微小如莲子，都有一套生命的大学问。

我站在莲田上，看日光照射着莲田，想起“留得残荷听雨声”恐怕是莲民难以享受的境界，因为荷残的时候，他们又要下种了。田中的莲叶坐着结成一片，站着也叠成一片，在田里交缠不清。我们用一些空虚清灵的诗歌来歌颂莲叶何田田的美，永远也不及种莲的人用他们的岁月和血汗在莲叶上写诗吧！

# 时间之旅

在渺远的时间过往里，
“情爱”竟仿佛一条河，
从我们自己的身上流过，
从我们的周遭流过，
有时候我们觉得已经双手将它握实，
稍一疏忽，它已纵身入海，无迹可寻。

在李维的大学毕业典礼上，一名神秘的老妇人送给李维一只金表，并对他说“我在等着你”，便自人群中消失。经过多方查访，李维找到该老妇的住处，老妇却已在他毕业典礼当晚逝世。

八年后（一九七九年），李维成为剧作家，有一天他前往一座老式的旅馆度假，在大厅里，他看到一张摄于一九一二年的女明星肖像。李维查询之下，才知道这位六十年前如花似玉的美女，竟然是八年前送他金表的神秘老妇人。

为了实践八年前“我在等着你”的誓约，李维用自我的意志催眠，终于回到一九一二年与年轻时代的珍·西摩尔发生一段缠绵悱恻的爱情，超越了六十年的时空，爱情随着时空的转换散发出震慑人的光芒。

结局是，李维无意间从衣袋中掏出一枚一九七九年的银币，时光即刻向前飞驰六十年，风流云散，一场以真爱来超越时空的悲剧终于落幕。

这一段故事是电影《似曾相识》（Somewhere in Time）的本事，情节单纯动人，但是其中却有一个非常复杂的问题，就是“爱情”与“时间”的问题，故事一开始几乎是肯定“真爱”可以超越“时间”的限制，让观众产生了期待；结局却是，真爱终于敌不过时间的流逝，留下了一个动人心魄的悲剧。

“爱情是可以突破时间而不朽的吗？”这是千古以来哲学家和文学家的大疑问，可是在历史中却没有留下确切的解答。我们每个人顺手拈来，几乎都可以找到超越时空之流的爱情故事，莎士比亚笔下的《罗密欧与朱丽叶》，曹雪芹笔下的贾宝玉与林黛玉，小仲马笔下的亚芒与玛格丽特，沈三白笔下的芸娘，歌德笔下的夏绿蒂，甚至民间传说里的白娘娘和许仙、梁山伯与祝英台……可以说是熙熙攘攘，俯拾即是。

问题是，这些从古破空而来的不朽情爱，几乎展现了两种面目，一种是悲剧的面目，是迷人的，也是悲凄的；一种是想象的面目，是空幻的，也是绝俗的。人世间的爱情是不是这样？答案自然是否定的，我们假设人间有“美满”与“破碎”两种情爱，显然，美满的爱情往往在时空的洗涤下消失无形，而能一代一代留传下来动人热泪的情爱则常常是悲剧收场。这真应了中国一句古老的名言“恩爱夫妻不久长”。

留传后世的爱情故事都是瞬间闪现，瞬间又熄灭了，唯其如此，他们才能“化百年悲笑于一瞬”，让我们觉得那一瞬是珍贵的，是永恒的。事实上“一瞬”是否真等于“永恒”呢？千古以来多少缠绵的爱侣，而今安在哉？那些永世不移的情爱，是不是文学家和艺术家用来说骗向往爱情的世人呢？

夏夜里风檐展书读，读到清朝诗人贺双卿的《凤凰台上忆吹箫》，对于情爱有如此的注脚：

紫陌春情，漫额裹春纱，自饷春耕，小梅春瘦，细草春明。春日步步春生。记那年春好，向春莺说破春情。到于今，想春笺春泪，都化春冰。

怜春痛春春几？被一片春烟，锁住春莺。赠予春侬，递将春你，是侬是你春灵。算春头春尾，也难算春梦春醒。甚春魔，做一场春梦，春误双卿！

这一阕充满了春天的词，读起来竟是蛾眉婉转，千肠百结。贺双卿用春天做了两个层次的象征，第一个层次是用春天来象征爱情的瑰丽与爱情的不可把捉。第二个层次是象征爱情的时序，纵使记得那年春好，一转眼便已化成春冰，消失无踪。

每个人在情爱初起时都像孟郊的诗一样，希望“心心复心心，结爱务在深”、“坐结行亦结，结尽百年月”；到终结之际则是“还卿一钵无情泪”，“他年重拾石榴裙”（苏曼殊）。

种种空间的变迁和时间的考验都使我深自惕记，如果说情爱是一朵花，世间哪里有永不凋谢的花朵？如果情爱是绚丽的彩虹，人世哪有永不褪色的虹彩？如果情爱是一首歌，世界上哪有永远唱着的一首歌？

在渺远的时间过往里，“情爱”竟仿佛一条河，从我们自己的身上流过，从我们的周遭流过，有时候我们觉得已经双手将它握实，稍一疏忽，它已纵身入海，无迹可寻。

这是每一个人都有过的凄怆经验，即使我们能旋乾转坤，让时光倒流，重返到河流的起点，它还是要向前奔泻，不可始终。

对于人世的情爱我几乎是悲观的，这种悲观乃是和“时间”永久流变的素质抗衡而得来。由于时时存着悲观的底子，使我在冲击里能保持平静的心灵——既然“情爱”和“时间”不能并存，我们有两个方法可以对付：一是乐天安命，不以爱喜，不为情悲。二是就在当时当刻努力把握，不计未来。“会心当处即是，泉水在山乃清。”只要保有当处的会心，保有在山的心情，回到六十年前，或者只是在时序推演中往前行去，又有什么区别呢？“时间之旅”只是人类痴心的一个幻梦吧！

# 凤凰的翅膀

人是不能飞翔的，
可是思想的翅膀却
可以振风而起，
飞到不可知的远方，
这也就是人可以无限的所在。

我时常想，创作的生命可以分成两类：一类是像恒星或行星一争，发散出永久而稳定的光芒，这类创作为我们留下了许多巨大而深刻的作品；另一类是像彗星或流星一样，在黑夜的星空一闪，留下了短暂而炫目的光辉，这类作品特别需要灵感，也让我们在一时之间洗涤了心灵。

两种创作的价值无分高下，只是前者较需要深沉的心灵，后者则较需要飞扬的才气。最近在台北看了意大利电影大师费里尼（Federico Fellini）的作品《女人城》，颇为费里尼彗星似的才华所震慑。那是一个简单的故事，说的是一位中年男子在火车上邂逅年轻貌美的女郎而下车跟踪，误入了全是女人的城市，那里有妇女解放运动的成员，有歌舞女郎、荡妇、泼妇、应召女郎、“第三性”女郎，等等，在这个光怪陆离的世界里，费里尼像在写一本灵感的记事簿，每一段落都表现出光辉耀眼的才华。这些灵感的笔记，像是一场又一场的梦，粗看每一场均是超现实而没有任何意义，细细地思考则仿佛每一场梦我们都经历过，任何的梦境到最后都是空的，但却为我们写下了人世里不可能实现的想象。

诚如费里尼说的：“这部影片有如茶余饭后的闲谈，是由男人来讲述女人过去和现在的故事；但是男人并不了解女人，于是就像童话中的小红帽在森林里迷失了方向一般。既然这部影片是一个梦，就用的是象征性的语言，我希望你们不要努力去解释它的含义，因为没有什么好解释的。”有时候灵感是无法解释的，尤其对创作者而言，有许多灵光一闪的理念，对自己很重要，可是对于一般人可能毫无意义，而对某些闪过同样理念的人，则是一种共鸣，像在黑夜的海上行舟，遇到相同明亮的一盏灯。

在我们这个多变的时代里，艺术创作者真是如凤凰一般，在多彩的身躯上还拖着一条斑灿的尾羽；它从空中飞过，还唱出美妙的歌声。记得读过火凤凰的故事，火凤凰是世界最美的鸟，当它自觉到自己处在美丽的巅峰，无法再向前飞的时候，就火焚自己，然后在灰烬中重生。

这是个非常美的传奇，用来形容艺术家十分贴切。我认为，任何无法在自己的灰烬中重生的艺术家，就无法飞往更美丽的世界，而任何不能自我火焚的人，也就无法穿破自己，让人看见更鲜美的景象。

像是古语说的“破釜沉舟”，如果不能在启帆之际，将岸边的舟船破沉，则对岸即使风光如画，气派恢宏，可能也没有充足的决心与毅力航向对岸。艺术如此，凡人也一样，我们的梦想很多，生命的抉择也很多，我们常常为了保护自己的翅膀而迟疑不决，丧失了抵达对岸的时机。

人是不能飞翔的，可是思想的翅膀却可以振风而起，飞到不可知的远方,这也就是人可以无限的所在。不久以前,我读到一本叫“思想的神光”的书，里面谈到人的思想在不同的情况有不同的光芒和形式，而这种思想的神光虽是肉眼所不能见的，新的电子摄影器却可以在人身上摄得神光，从光的明暗和颜色来推断一个人的思想。

还有一种说法是，当我们思念一个人的时候，我们的思想神光便已到达他的身侧温暖着我们思念的人；当我们忌恨一个人的时候，思想的神光则书到他的身侧和他的神光交战，两人的心灵都在无形中受损。而中国人所说的“缘”和“神交”，都是因于思想的神光有相似之处，在无言中投合了。

我觉得这“思想的神光”与“灵感”有相似之处，在“昨夜西风凋碧树，独上高楼，望尽天涯路”时，灵感是一柱擎天；在“衣带渐宽终不悔，为伊消得人憔悴”时，灵感是专注地飞向远方；“众里寻他千百度，蓦然回首，那人却在灯火阑珊处”时，灵感是无所不在，像是沉默地、宝相庄严地坐在心灵深处灯火阑珊的地方。

灵感和梦想都是不可解的，但是可以锻炼，也可以培养。一个人在生命中千回百折，是不是能打开智慧的视境，登上更高的心灵层次，端看他能不能将仿佛不可知的灵感锤炼成遍满虚空的神光，任所遨翔。

人的思考像凤凰一样多彩，人一闪而明的梦想则是凤凰的翅膀，能冲向高处，也能飞向远方——因此，人是有限的，人也是无限的。

# 投给燃烧的感情

在这个逐渐理性
冷酷的世界，
人总是抑制着自己的情感，
像凡·高这样的艺术家
已经愈来愈少。

记得很早以前，读过一位记者访问海明威的文章，那位记者问："你觉得作为一个创作者的基本条件是什么？"

海明威的回答很妙，他说："不愉快的童年！"

我真正站在凡·高的画前面时，这一段话像闪电一样汹涌进我的心头。凡·高去世到今天已经九十二年，可是他的生命仿佛有一股奇异的热火，每次想起来都叫人心情震颤，好像他生命的火一直在我们身上燃烧，从来没有断过。

凡·高是艺术史上我最敬佩的艺术家，他印在画册上的画我几乎都会背了，因此一到外国，我在逛美术馆的时候，总要特别仔细地看他的画。他不安的流动的线条，正如是海浪狂飒似的拍击着岩石，我想，即使有人是岩石一样的冷漠刚硬，也要被它的大力侵蚀，尤其这海浪还带着贫苦、挣扎、永不止息奋斗的盐分。

几乎每一个规模较大的现代美术馆都收藏了凡·高的画作。我看他的画印象最深的有两次，一次是在纽约的大都会美术馆，一次是在华盛顿的国家美术馆。

在华盛顿国家美术馆的西馆一共有九十余间展览室，其中有两间展出凡·高的画。我先在展览二十世纪现代艺术的东馆走了一上午，下午从西馆的中世纪绘画开始看起，看了四十几间展览室，整个人几乎要累得瘫痪了，因为新穿的雪地的靴子不合脚，脚底都磨出水泡，我坐在美术馆的长椅上几乎不能动弹了。拿起介绍小册随便看看，没想到就在我坐的展览室隔壁，便是印象派的展览室，我想到凡·高，身体内马上被通电一般，升起一股渴望的心情，去看看凡·高吧！

不久，我站在凡·高的画前凝思，深深感叹着。不知道是什么力量，使这个艺术家在明亮的阳光下还显得那么不安地流动着，他画的原野像一片正涌动的大海，从很远的地方推来海浪；他画的树像地上冒出来的炽烈火焰，在大自然里燃烧；他的云、他的天、他的风、他的画笔都像在空中跳舞一样地波动着。这种有力的动感不是来自整幅画，而是每一笔、每一小块颜料都有无限的动的姿态，让我们感觉到流动在大地间雄大的创造力。我不禁看得痴了，深深想起年少时在孤灯下看《凡·高传》时颤动的心情。

直到一个黑人管理员拍我的肩说：“先生，时间到了，美术馆要打烊了。”我才从凡·高神秘的画境里苏醒过来，原来我已经在他的画前足足站了一个小时。我走出门外，华盛顿原来阳光普照的天气突然飘了一阵大雪，大地蒙上了一层光耀的银白，这一片银白的大地是多么沉静呀！可是在那最深的地方，伟大的心灵为大地所做的诠释仍在那里跳动。

另一次是在纽约的大都会美术馆，这里有一个著名的“印象馆”，我选了一个人比较少的星期一，专门去看印象馆，印象馆的屋顶全是玻璃罩子，光线倾盆地泼下来。

在印象馆，所有印象派时期的大师们都在这里集合了，马奈、莫奈、雷诺阿、德加、塞尚、季拉、高更、罗德列克，无一不是闪射着光芒的巨星，当然怎么也不会没有凡·高这位十九世纪最伟大的荷兰画家。

印象馆是方形的，人站在中间可以四边环顾，凡·高展出的位置正好在高更和塞尚的中间。在那里有两幅画最令我感动。一是他著名的自画像，画家好像用生命的汁液注入自己的形象里，在一团火里燃烧；另一幅是黄花，每一朵花都扭动着，好像费了很大的力气才开放出来，充满了生命的喜悦，又仿佛生在盆子里有无限的委屈。

静静地仔细地看完凡·高的画，我把自己的位置退到印象馆的中间，想要看看别人怎么欣赏凡·高的画，当他们看时会有什么表情。然后我发现一个有趣的现象，每个人走到他的画前停驻的时间总是最长，尤其是走到他的自画像前显得特别庄重而安静，就如同面对着真正的凡·高，听着他激动而热烈的言语。

我突然有一个怪异的想法，如果艺术家也可以投票，在印象馆里的得票数最高的一定是凡·高。如果能投两位，那么一定是凡·高最高，高更第二。

这并没有什么深刻的理由，最重要的是，我们不是投给凡·高，而是投给燃烧的感情一票。任何真正燃烧生命而发皇出来的艺术，必然都带有感人的因素。

其实，凡·高作画的时间不长，他真正作画只有十年的时间，他早年的志愿是文学家或宗教家（为矿区的人们殉道）。十年的时间他的每一幅画都像有噼噼啪啪的裂帛之声，他燃烧，并且拉开胸膛，让人们看见他火热的心。我们走进凡·高的世界，犹如一只饥饿的蜜蜂飞进了开放大多花朵的园子，我们迷惑了，是什么力量让人达到这种情感的无限呢？

在这个逐渐理性冷酷的世界，人总是抑制着自己的情感，像凡·高这样的艺术家已经愈来愈少，因此，如果有一个对艺术家投票的机会，我想我会和众人一样，投给燃烧的感情一票。

## 在飞机的航道上

啸声震大的飞机低头俯冲，
一阵狂风席卷，
使须发衣袖都飞荡起来，
耳朵里嗡嗡作响，
在尚未回过神的时候，
飞机已经在松山机场降落。

一位年轻人说要带我去看飞机。

“飞机有什么好看呢？”我说。

他说：“去了就知道。”

我坐上他的机车后座，在台北的大街小巷穿行，好不容易来到“看飞机的地点”。

虽然是黄昏了，草地上却有许多青年聚集在一起，远方火红的落日在都市的滚滚红尘衬托下，显得极为艳丽。

一架庞大的飞机从东南的方向，逆着太阳呼啸而来，等待着的年轻人全站直身子，两臂伸直，高呼狂叫起来。

啸声震大的飞机低头俯冲，一阵狂风席卷，使须发衣袖都飞荡起来，耳朵里嗡嗡作响，在尚未回过神的时候，飞机已经在松山机场降落。

我站在飞机航道上，回想着几秒钟前那惊心动魄的经验，身体里的细胞仿佛还随着飞机的喷射在震颤着，另一架波音 737 又从远方呼啸而来了……

载我来的青年，打开一罐啤酒，咕噜咕噜地灌进肚子里，说:“很过瘾吧！”

这个心脏纯净、充满热力的青年，和我年轻时代一样，已经连着三次联考落榜，正在等待兵役的通知。每天黄昏时分把摩托车飙到最高速，到这飞机最近的航道，看飞机凌空降落。

他说：“这城市里有许多心情郁卒的人，天天来这里看飞机，就好像患了某种毒痛一样。”他正在说的时候，夕阳的最后一丝光芒沉入红尘，一架有四个强灯的飞机降落，在灰暗的天空射出四道强光。

青年把自己挺成树一样，怪声一口，回过头来再次对我说：“真的很过瘾吧！”

“是呀！”我抬头看着飞机远去的尾灯，觉得如此迫近的飞行，确是震撼人心的。

“我每次心情不好，来看了飞机就会好过一点。站在飞机航道的我们是多么渺小，小得像一株草，那么人生又有什么好计较的呢？考试的好坏又有什么好计较呢？”

一直到天色完全沉黑了，虽然飞机依然从远方来，我们还是依依不舍地离开狂风飞扬的跑道。

我坐在机车后座，随青年奔驰在霓虹闪耀的城市，想着这段话：我们是多么渺小，小得像一株草，人生有什么好计较的呢？

## 九月很好

月亮是永不失去的，
月亮看不见只是
被云层所遮蔽，
并不会离开它存在的地方。
见不到月亮的人
只是被云层所遮，
并不是没有月亮。

# 月亮与台风

快中秋了，阳历是九月。

孩子的自然课本，要做九月天象的观察，特别是要观察记录月亮，从八月初记录到中秋节。

每天夜里吃过晚饭，孩子就站在阳台等待月亮出来，有时甚至跑到黑暗的天台，仰天巡视，然后会看到他垂头丧气地进屋，说："月亮还是没有出来。"

我看到孩子写在习作上，几天都是这样的句子：云层太厚，天空灰暗，月亮没有出来，无法观察。

最近这几天，连续几个台风来袭，月亮更连影子都没有，孩子很不开心，他说："爸爸，这九月怎么这么烂，连个月亮也看不见！"

"九月并不坏呀！最热的天气已经过了，气温开始转凉，是最美丽的秋天，有最好的月亮，只不过是这几天天气差一点而已。"

我告诉孩子，台风虽然是讨厌的、有破坏力的，但是台风也有很多好处，例如它会带来丰沛的雨量，解除荒旱的问题；例如它会把垃圾、不好的东西来一次清洗；又例如让我们感受到人身渺小，因此敬畏自然。

“既然不能观察月亮，你何不观察台风呢？”

“好主意！”孩子欢喜地说。

我看到他的作业簿上，写着诗一样的记录：风从东西南北吹来，云在天空赛跑，雨势一下大一下小，伞在路上开花。

台风的美，可能也不输给月亮。

## 月亮永不失去

中秋节没有月亮真是扫兴的事。

我想到，我们在乎的可能不是月亮，而是在乎期待的落空，否则每个月十五都是月圆，大部分人都没有什么感觉的。

生活实在太忙了，一般人平常抽不出时间看天色，中秋几乎成为唯一看天空的日子，我们准备了月饼、柚子、茶食就在表示我们是多么慎重地想看看月亮，让月亮看看我们。

好，月亮既然不出现，也就算了，我们吃吃月饼、尝尝柚子，在暗夜中睡去，明天再开始投入忙碌的生活，期待明年的中秋月亮。

其实，月亮是永不失去的，月亮看不见只是被云层所遮蔽，并不会离开它存在的地方。见不到月亮的人只是被云层所遮，并不是没有月亮。

可惜的是，我们一年才看一次月亮，有多少人一年里看见一次自我的光明呢？在这个世界上，没有人能真正了解或知道我们，如果连自己都不能寻找生命的根源，不能觉知自我的光明，就连自己也不能自知了。

理论上，人人都知道月亮随时都在，实际上，很不容易去触及那种光明，也不是不容易触及，而是不愿去实践、不愿去发掘，很少去走出户外。

## 孤单之旅

在这个寂寞的时代，没有人能完全地互相了解，即使是知己、最亲密的人，也难以触及我们的内在世界。

因此，每一次的人生，就是一段孤单之旅。

我时常在想，由于生命的孤单和不足，这人间才会分成男人和女人、父母和子女、朋友和敌人、丈夫和妻子，如果是在一个完美与圆满的世界，一个人已经很够了。

也因为这种孤单和分裂，我们之间永远不能互相了解，对于自己的心如果能了解、能坦诚面对，也就够了；对于别人的心意，如果能了解一部分，不互相对立，也就很好了。

生命之所以有这么多不同，有着各种因缘和关系，是希望我们能从孤单中走出，试着去知道生命的不足。也由于孤单与不足，才会有一些更高层次的东西触动我们、吸引我们、带领我们。

## 生命的触动

生命的触动是多么必要呀！

当某种语言触动了我们的思维，那就是诗歌或者文学。

当某种颜色触动了我们的眼睛，那就是绘画。

当某种音声触动了我们的心灵，那就是音乐。

当某种传奇或故事触动了我们，那就是戏剧呀！

当某种情感触动了我们，那就是爱；当某种爱提升了我们，那就是感恩；当某种感恩被触动，就可以吸引我们、带领我们，走向生命完美的归向。

## 心地明明，乾坤朗朗

在现实的生命，没有什么是圆满的，有时平静，有时狂喜；时而寂寞，时而热闹；或者欢欣，或者悲哀。

在现实的宇宙，没有什么是完美的，有时风和日丽是狂风暴雨的预示；有时云天晴美是地震台风的前兆；有时呀！不测的风雨会在午后的大晴朗后出来。

我时常在想，这变动不居的宇宙是不是我们变动不居的心识之映现？如果心地明明，是不是就乾坤朗朗了呢？

我找不到答案，唯一知道的是，台风来的时候，如果我们把房子造得坚固一些，我们依然可以在平静温暖的灯下读书。

## 悲伤与唱歌

生命不免会唱悲伤的歌。

但唱过歌的人都会发现，我们唱的歌愈是忧伤就愈是能洗净我们的悲情。

“悲伤地唱歌”和“唱悲伤的歌”是很不同的。

不管是悲伤或者是唱歌，都只是人生的一小段旅途。

好的悲伤和好的唱歌都会令我们感动，感动是最好的，感动使我们知悉生命的炽热，感动使我们见证了心灵的存在，感动使我们或悲或喜，忽哭忽笑，强化了生命的弹性。

能悲伤是好的。

能唱歌是好的。

悲伤时好好地悲伤吧！

唱歌时高扬地唱歌吧！

## 大不了

有几个朋友同时来向我诉苦，他们都在同一个办公室做事，关系不良、错综复杂，但他们分别是我的朋友。

他们相互之间看到的都是缺点，可能是距离近的缘故。

我看到他们的都是优点，可能是距离保持的缘故。

连续接几个电话下来，感觉就像是看“罗生门”一样，每一个都是真相，每一个也都不是真相。

对每一个朋友我总是说：“别那么在乎，天下没有什么大不了的事！”

总统死了，会有新的总统；国家分裂了，会有新的国家；何况是小小的办公室呢？

真的，不必太在乎，不必太执着，天下没有大不了的事！

## 九月很好

九月是很好的月份。

中秋月圆、云淡风轻、温和爽飒。

真的，九月是很好的月份。

最近的那个台风也过去了，九月很好。

# 夜观流星

如果流星是一个人的陨落，
那么浩渺的天空就
对应着广阔的大地，
人的群落就是星的聚散，
这样想时，我们的离恨别情
便淡泊了许多。

烬读宋朝沈括著的《梦溪笔谈》，有一段谈到他夜见流星的事，非常有趣：

治平元年，常州日禺时，天有大声如雷，乃一大星，几如月，见于东南，少时而又震一声，移著西南；又一震而坠，在宜兴县民许氏园中，远近皆见，火光赫然照天，许氏藩篱皆为所焚。是时火息，视地中只有一窍如杯大，极深。下视之，星在其中，荧荧然，良久渐暗，尚热不可近。又久之，发其窍，深三尺余，乃得一圆石，犹热，其大如拳，一头微锐，色如铁，重亦如之。

沈括学识的渊博早为后世尝得推崇，但我对这一段描述特别感到兴趣，并不是像有的学者说他对流星的判断正确早在西方大文学家九百年之前，而是我小时候也有一段看流星陨落的相似经验。

我幼年居住的乡里，没有电视、没有收音机、没有冷气、没有电扇，一到夏天夜晚，就没有人留在屋内，家人全跑到三合院中间的庭院里纳凉；大人坐在藤椅上聊天，或谈着农事，或谈着东邻西里的闲话，小孩子就围坐在地板上倾听，或到处追逐萤火虫。

小时候，家里有一位帮忙农事的老长工，我们都叫作他“玉豹伯”，他的脑子里装满了民间戏曲里的戏文故事，口才好，姿势优美，颇像妈祖庙前的说书先生。他没有儿女，因此特别疼爱我们，每到夏天夜里，我们都围着听他说故事，一直到夜幕低垂才肯散去。他的身上有一种说不出的魅力，听到精彩的地方，我们甚至舍不得离开去捉跳到身边的大蟋蟀。

有一天玉豹伯为我们讲《西游记》，谈到孙悟空如何在天空腾云驾雾飞来飞去，我们都不禁抬头望向万里的长空，就在那个时候，一颗天边的星星划出一条优美的长线，明亮的星一直往我们头上坠落，我们都尖声大叫，玉豹伯说：“流星！流星！”然后我们听到轰然一声巨响，流星就落在我们庭院前不远处蕉园旁的河床。

一群孩子全像约好了似的，完全顾不得孙悟空，呼啸着站起往河床奔去，等我们跑到的时候却完全不见流星的影子，在河床搜寻一个晚上毫无所获，才拖着疲倦的身子回家。第二天还特别起早，继续到河床去找，后来找到一颗巨大的黑褐色石头，因为我们日日在河床游戏，几乎可以确定那颗新石头就是昨夜的流星，但是天上的明星落到地上怎么会变成石头呢？是我们不敢肯定的谜题。

那是我第一次看见流星，在那之前，虽听大人说起过流星，知道天上的每个星星就对应着地上的一个人，只要看见天上的流星陨落就知道地上死去了一个人。可是我常自问，地上时常有人去世，为什么流星是那么的罕见呢？

还有人说，当你看见一颗流星落下的一刻，闭上眼睛专心许愿，你的愿望就可以实现，当时我们还是孩子，心中没有什么大愿，看到奔射如箭的流星，张看之不暇，谁还顾得许愿呢？

后来我还在庭院里看过几次流星，但都远在天外，稍纵即逝，不像第一次的感受那么深刻，心中只是无端的茫然，若是天空中的星星都对应着一个人，那一刻落下的又是谁呢？不管是谁，人世里不是行者就是过客，流星落下不免令人感触殊深。

如果流星是一个人的陨落，那么浩渺的天空就对应着广阔的大地，人的群落就是星的聚散，这样想时，我们的离恨别情便淡泊了许多——光灿的星落到地上只是一个无光的石头，还有什么是永远的光明呢？

我总觉得不管有多少天文学家，不管人类登陆了月球，我们对天空的了解都还是浅薄无知的，重要的不是我们知道了多少天空的事物，而是它给了我们什么样心灵的启示。从很年幼的时候我就爱独自坐着看天空，并借着天空冥想，一直到现在，我出门时第一眼都要看看天色，这或许是看天吃饭的农家子弟本性，然而这种本性也使我在大旱的时候想着渴望雨水的禾苗；在连日豪雨之际思念着农田里还未收割，恐惧着发芽的累累稻穗；在飓风狂吼之时忧心着那些出海捕鱼的渔夫。

天空的冥思是可以让我们更关切着生活的大地，这样站在地上仰望天际，就觉得天空和星月离我们不远，也是“星垂平野阔，月涌大江流”的心情。

我最担心的是，在我认识的都市儿童中，大部分失去了天空的敏感，有的甚至没有好好的看过天色，更不要说是流星了。现在如果我看见流星，我想许的愿望是：“孩子们，抬头看看那一颗马上要失去的流星吧！”

# 阳光照在我们身上

我们每天能走过阳光的小径，
是一件多么幸福的事，
能让阳光或温柔
或狂野地照射，
是一件多么开朗的事。

三十年代最当红的男明星白云自杀去世了。

当年白云在上海的盛况，据说目前最红的明星秦汉、秦祥林、王冠雄、李小飞加起来都还比不上，我父母那一辈的影迷，一提起白云，总是勾起一些伤感的回忆；谁想到那个时代在银幕上最闪亮的明星，死后竟是黄土一抔，连墓碑都找不到。三十年的年华，把白云从地上最明亮的地方，埋到最黑暗的地下。

白云自杀的同时，我最喜欢的智慧型明星英格丽·褒曼也逝世了，可是两人的身影却是完全不同的景况，褒曼逝世的时候，她的儿女都围绕身边，倍极哀荣。第三天台湾电视公司还播出一个一小时的专辑“英格丽·褒曼的荣耀”，来纪念这位为全世界尊敬的影人。

可是白云呢？白云的逝世在电视里只是一个小小的新闻，更何况是专辑了。当初他为自己取名为“白云”就已经为结局下了断语，他生前有两句话：“生是飘客，死是游魂。”是有着多么深沉寥落的寓意，怪不得一些老演员像葛香亭、欧阳莎菲在他坟前致祭时也免不了老泪纵横。

中国演员老来的处境，总是令我油然地兴起衷感之心，他们不能像西方的演员，终其生都闪烁着明星的光泽，他们不是恒久的星星，而是瞬息消逝的流云。但是又何尝演员如此，这触及我经常思考的时间问题，时间，对一位曾经光芒万丈的人是一个多么无情的杀手。怪不得白云逝世的时候，一位影剧记者慨乎言之，问起如今当令的年轻演员，他们竟茫然地问起：白云是谁？白云是谁呢？白云千载空悠悠，白云只是在干净的天空中飘过的一朵云吧。它在清晨的旭日中，在黄昏的夕阳里，都会反射出五彩的光泽，但一到了黑夜，再美的云也没有人看见了。

我最喜欢辛弃疾的《破阵子》，这是辛弃疾为纪念当时一位具有军事和经济才华的思想家陈亮，所吟赋出的壮词：

**醉里挑灯看剑，梦回吹角连营。八百里分麾下炙，五十弦翻塞外声。沙场秋点兵。**

**马作的卢飞快，弓如霹雳弦惊。了却君王天下事，赢得生前身后名。可怜白发生。**

辛弃疾的词意是美的，在美的背面却有一种对时光流逝的哀伤，我觉得最令人动容的是“赢得生前身后名，可怜白发生”，从这两句词来看看白云，实在最贴切不过。多少令人怀念的人物，终也免不了白发生的处境，更糟的是，在辉煌后的寂寞，使一位曾扮演过顾盼自雄的英雄人物，最后在偏远的旅馆仰药自杀。

前几天，两位菲律宾的华裔画家洪救国、王礼博来台湾省，我抽出两天的时间，陪他们到台中去探望老友席德进的墓园，同行的还有画家李锡奇、朱为白，以及席德进的生前知己卢声华。

我们到达大度山花园公墓时，正好是阳光最烈的正午，阳光遍照在墓园上，附近的相思林里传来喧哗的鸟声。席德进的墓园是他生前亲手规划，格局很像中国明朝小小的园林。在墓园里有一座“望乡亭”，颇能见到画家最后的心愿。我站在“望乡亭”的圆门，往山下望去，那里没有画家的故乡，只有栉比鳞次的楼房层层相叠，我们的心情在那一刻都沉默了起来。

席德进曾以高超的画艺，感动过千千万万的心灵，他逝世时也是倍极哀荣。可是在他逝世一周年举行画展会场里，观众却是三三两两冷冷清清，我曾在画展会场坐了一个下午，直到画廊的灯暗了才默默离去，心中浮起的仍是辛弃疾“赢得生前身后名，可怜白发生”两句。

在席德进的墓园里，种了两种他生前最爱的植物，两株凤凰树和三株木棉，经过一年的培植，都已经长得比望乡亭还高了。凤凰依旧，木棉无恙，而我们这位曾享大名的艺术家长眠地下，他的名，他的艺，可叹的在时间冲刷下，成为群众心里一个暗淡的记忆。

离开席德进的墓园，车子往大度山下疾驰，我回头还看见那一株长得特别高的凤凰木，我在想着，这一株凤凰花开的时候，年轻一辈的艺术家心中，席德进还能留下什么样的形象呢？

阳光是那样无私地覆盖着我们，而太阳的沉落总是那样无情，不肯为黑夜停留，那些死去的艺术家们躺在阴冷黑暗的地下，他们再也不能享受阳光下的喜悦。

在我的档案里，有一帧我为席德进拍的照片。他站在中部大平原怒放的野花群中，鲜明的清晨曝光把他的脸刻成一座明暗分明的塑像，他仰起头来呼吸着阳光，如今，那种情境再也不能重回了。

我们每天能走过阳光的小径，是一件多么幸福的事，能让阳光或温柔或狂野地照射，是一件多么开朗的事，我想说的是，就珍惜阳光照在我们身上的岁月吧，因为阳光不会为我们停留，再伟大的艺术家也留不住它。

## 黑暗的剪影

因为有光明的对照，
黑暗才显得可怕，
如果真是没有光明，
黑暗又有什么可怕呢?

在新公园散步，看到一个“剪影”的中年人。

他摆的摊子很小，工具也非常简单，只有一把小剪刀、几张纸，但是他剪影的技巧十分熟练，只要三两分钟就能把一个人的形象剪在纸上，而且大部分非常的酷肖。仔细地看，他的剪影上只有两三道线条，一个人的表情五官就在那三两道线条中活生生地跳跃出来。

那是一个冬日清冷的午后，即使在公园里，人也是稀少的，偶有路过的人好奇地望望剪影者的摊位，然后默默地离去；要经过好久，才有一些人抱着姑且一试的心理，让他剪影，因为一张二十元，比在相馆拍张失败的照片还要廉价得多。

我坐在剪影者对面的铁椅上，看到他生意的清淡，不禁令我觉得他是一个人间的孤独者。他终日用剪刀和纸捕捉人们脸上的神采，而那些人只像一条河从他身边匆匆流去，除了他摆在架子上一些特别传神的，用来作样本的名人的侧影以外，他几乎一无所有。

走上前去，我让剪影者为我剪一张侧脸，在他工作的时候，我淡淡地说：“生意不太好呀？”没想到却引起剪影者一长串的牢骚。他说，自从摄影普遍了以后，剪影的生意几乎做不下去了，因为摄影是彩色的，那么真实而明确；而剪影是黑白的，只有几道小小的线条。

他说："当人们太依赖摄影照片时，这个世界就减少了一些可以想象的美感，不管一个人多么天真烂漫，他站在照相机的前面时，就变得虚假而不自在了。因此，摄影往往只留下一个人的形象，却不能真正有一个人的神采；剪影不是这样，它只捕捉神采，不太注意形象。"我想，那位孤独的剪影者所说的话，有很深切的道理，尤其是人坐在照相馆灯下所拍的那种照片。

他很快地剪好了我的影，我看着自己黑黑的侧影，感觉那个"影"是陌生的，带着一种连我自己都不敢相信的忧郁，因为"他"嘴角紧闭，眉头深结，我询问着剪影者，他说："我刚刚看你坐在对面的椅子上，就觉得你是个忧郁的人，你知道要剪出一个人的影像，技术固然重要，更重要的是观察。"

剪影者从事剪影的行业已经有二十年了，一直过着流浪的生活，以前是在各地的观光区为观光客剪影，后来观光区也被照相师傅取代了，他只好从一个小镇到另一个小镇出卖自己的技艺，他的感慨不仅仅是生活的，而是"我走的地方愈多，看过的人愈多，我剪影的技术就日益成熟，捕捉住人最传神的面貌，可惜我的生意却一天不如一天，有时在南部乡下，一天还不到十个人上门。”做为一个剪影者，他最大的兴趣是在观察，早先是对人的观察，后来生意清淡了，他开始揣摩自然，剪花鸟树木，剪山光水色。“那不是和剪纸一样了吗？”我说。

“剪影本来就是剪纸的一种，不同的是剪纸务求精细，色彩繁多，是中国的写实画；剪影务求精简，只有黑白两色，就像是写意了。”因为他夸说什么事物都可以剪影,我就请他剪一幅题名为“黑暗”的影子。剪影者用黑纸和剪刀，剪了一个小小的上弦月和几粒闪耀为星星，他告诉我：“本来，真正的黑暗是没有月亮和星星的，但是世间没有真正的黑暗，我们总可以在最角落的地方看到一线光明，如果没有光明，黑暗就不成其黑暗了。”

我离开剪影者的时候，不禁反复地回味他说过的话。因为有光明的对照，黑暗才显得可怕，如果真是没有光明，黑暗又有什么可怕呢？问题是，一个人处在最黑暗的时刻，如何还能保有对光明的一片向往。

现在这张名为“黑暗”的剪影正摆在我的书桌上，星月疏疏淡淡地埋在黑纸里，好像很不在意似的，“光明”也许正是如此，并未为某一个特定的对象照耀，而是每一个有心人都可以追求。

后来我有几次到公园去，想找那一位剪影的人，却再也没有他的踪迹了，我知道他在某一个角落里继续过着漂泊的生活，捕捉光明或黑暗的人所显现的神采，也许他早就忘记曾经剪过我的影子，这丝毫不重要，重要的是我们在一个悠闲的下午相遇，而他用二十年的流浪告诉我：“世间没有真正的黑暗。”即使无人顾惜的剪影也是如此。

# 黄昏的撒玲娜

文学在这个时候是奇妙的，

它跨越了时空、跨越了国籍，

在任何地方的某一个人里，

我们读过相同的作品，

并且体验了同一个作家的心灵世界。

在加利福尼亚州的路上，我路过一个小城，马上被那城美丽的外貌迷惑住了。

城的建筑全是两层的小楼，楼是灰色的，依山傍水显得格外幽静，行走在街上的人们也不像美国一般城市一样匆忙，他们慢慢地踱着步，让人几乎怀疑走进了十九世纪的欧洲。

有一些服装店百货行也使我想起或者鹿港或者淡水那些故乡的地方，尤其是商店走廊的砖头走道，干净、清爽，让走着的人不知不觉慢下步来，看着两旁的风景。

我不知道那城的名字，只知道那城像许多优雅的小城，让你一眼就喜欢的那种。终于在一家卖着蜡烛的小店问了店员那座城的名字，她微笑地说："叫撒玲娜（Salinas）！"

"撒玲娜！多美的名字，好像在哪一本书里读过这个名字？"我说。

"呀！是斯坦贝克的书。"她笑得更开心："斯坦贝克是我们撒玲娜最有名的小说家，他也是美国第六位得到诺贝尔文学奖的作家。"

那位年轻充满善意的美国少女的话仿佛划了一根火柴，点着了我心里的灯火，我像她那样年轻时（也许只有十九岁）曾经那么狂热地喜爱过斯坦贝克，可是我竟然忘记了他的家乡，忘记了他的小说全是以他的家乡为背景，直到在这陌生的异地才被点醒。我年少时读斯坦贝克，在孤灯下的景况全涌了上来——哎，我竟然毫无准备地就闯到斯坦贝克的故乡来了。大概是看我突然陷进沉默的思绪里，少女着急地说："你听过斯坦贝克吗？""当然，我像你这般年纪时就读过他的《愤怒的葡萄》、《小红马》、《人鼠之间》、《伊甸园东》，这些伟大的作品，还曾经深深地感动过哩！"

然后我们不知不觉地谈起斯坦贝克，借着这位已经逝世十四年的美国作家，我们谈起了文学，文学在这个时候是奇妙的，它跨越了时空、跨越了国籍，在任何地方的某一个人里，我们读过相同的作品，并且体验了同一个作家的心灵世界。

少女不厌其烦地把英语说得很慢，用以解释斯坦贝克这个人对她的影响，以及给她家乡带来的荣誉。她说，斯坦贝克在城外不远的地方做过农场牧场的工人，还在筑路队里当过筑路工人，还做过很多不同的零工，所以对低层的人有很深的了解。最妙的是，斯坦贝克曾在斯坦福大学读了五年还拿不到学位，结果现在有很多专门研究他小说的斯坦福大学生……

少女利用了几分钟的时间就为我讲述了斯坦贝克简要的生平，我想在撒玲娜镇，也许随便找一个镇民都可以为我作一次斯坦贝克的演讲，文学在这个地方发挥了伟大的力量，像撒玲娜人，他们可能忘记前一任警长或议员的名字，可能忘记前一任总统的名字，然而他们不会忘记斯坦贝克，他使他家乡的名字永远存在这个世界。

“你是一个中国人，你怎么会喜欢斯坦贝克？”少女问我。

我想起少年时代在书摊上买书，看到《愤怒的葡萄》，深感纳闷，而斯坦贝克的中文译名不知道为什么给我一种坦克车的感觉，我买了那本书，就那样一路读了下来。少女听了我的话，高声地大笑起来。

在撒玲娜，因为斯坦贝克过去的描述，完全祛除了我在异地陌生的感觉。这个曾经居住过许多爱尔兰移民的城镇，经过一个世纪还没有完全美国化，几乎在空气里就可以感觉到它过去的那种安静和平的气息。午后的阳光缓缓地移动着，和风淡淡地吹送，即使是路上的行人也是优雅有礼的。我想，斯坦贝克最后一篇以他家乡为背景的小说《伊甸园东》，把撒玲娜称为“伊甸园”是有他的道理的。

后来，我在街转角的地方找到一家小而闲适的咖啡屋，是用红砖砌成的，可以从落地窗里望见整个蓝天，也许斯坦贝克曾在这个咖啡屋里坐过，因为它看起来是有一些历史了。喝着咖啡，我慢慢想起《伊甸园东》的情节，在这本史诗一样的书里，斯坦贝克曾经塑造了一位充满深思的可敬的中国人“阿李”，阿李的形象以及他对人世的观察和他的语言都像一个哲学家，穿过时空竟是不朽了起来。“阿李”这个人是我读过的美国小说里最可敬可爱的中国人，光是这一点，斯坦贝克就令我敬重。我在咖啡屋里坐到黄昏，傍晚美丽的霞光照耀了整个撒玲娜，在斯坦贝克的年代，撒玲娜是什么面貌呢？

我想再读一段他的描写：

山谷宽广平坦的耕地上铺着一层肥沃的泥土，只要冬天里一次充沛的雨水，就能使草木花卉生长起来。在多雨的年头，春天的花朵是不可置信的美。整个山谷平地，包括山麓在内，铺满了羽扇豆花和罂粟花。有一次一个女人告诉我，假如在有颜色的花中间衬上几朵白花，那花会显得更鲜艳光彩。每一瓣蓝色的羽扇豆花都镶上白边，于是整个原野的羽扇豆花比你所能想象到得更蓝。掺杂在其间的是斑斓的加利福尼亚罂粟花。这些花也是色泽耀目的——不是橙黄，也不是金黄，假如纯金溶解了能凝成膏状，那金黄色的凝脂可能就是这些罂粟花的颜色……

今天的撒玲娜不再有那么多蓝的、白的、金黄色的花了，但是这无关紧要，斯坦贝克的小说比这些花的本身更多彩，如同黄昏的晚霞照着撒玲娜，我从来没有像那一次，在作家的出生地体会文学那么深刻。

## 活的钻石

从他的眼神中，
我看到了价值的混乱。
但是价值确是如此被混乱的，
许多人误以为钻石的
价值是真实的，
反而不能相信世间有许多事物，
其价值犹在钻石之上。

一个孩子问我："叔叔，这个世界上有没有比钻石更有价值的东西？"我问他："你怎么会问这个问题呢？"他说："因为报纸上刊登了一个模特儿穿着一件镶满钻石的礼服，听说价值是一亿呢！"我说："有呀！这个世界上所有活着的钻石都比钻石珍贵而有价值。""钻石不是矿物吗？怎么会有活的钻石呢？"我告诉孩子，凡是有价值的、生长着的事物，我们都可以叫它是活的钻石。像我们可以说花是活的钻石、爱是活的钻石、智慧是活的钻石、一个孩子是活的钻石，我摸摸孩子的头说："你也是活的钻石呀，如果用克拉来算，你的价值也超过一亿呢！"

孩子不可置信地看着我，从他的眼神中，我看到了价值的混乱。但是价值确是如此被混乱的，许多人误以为钻石的价值是真实的，反而不能相信世间有许多事物,其价值犹在钻石之上。就像毒品好了,每次当警方查获大批的海洛因或安非他命，新闻报道常说："此次查获的毒品，价值五亿四千万元。"这使我们读了感到混乱，因为毒品在不吸毒的人眼中根本是一文不值的，甚至会伤身害命，怎么可以有那么高的"价值"？

钻石虽然不是毒品，它的价值与价钱是值得思考的。钻石作为一种石头，它的价值是中立的，它的光芒，是因为附加的价值而显现。

如果是以钻石来表达爱情的永恒坚贞，钻石就变得有价值。

如果是以钻石来炫耀自己的虚荣，则钻石是一文不值的。

如果是以钻石参加慈善的义卖，去救助那些贫苦的众生，钻石就变得有价值。

如果把钻石收藏于柜中，甚至无缘见天日，则钻石是一文不值的。

有了好的附加价值，使钻石活了起来。

变成虚荣与炫耀的工具，钻石就死去了。

不只是钻石，所有无生命的、被认为珍宝的事物皆是如此，玉石、翡翠、珍珠、琥珀、琉璃、黄金、珊瑚，等等，并没有真正的价值。

事物的价值是因为“意义”而确定的，意义则是由于“心的态度”而确立的。

如果我们真能确立以心为主的人格与风格，来延伸人生的意义与价值，就会显现生命的诚意，使生活的一切都得到宝爱与珍惜。每一朵花、每一个观点、每一段历程都变成“活的钻石”，每一分爱、每一次思维、每一次成长都以“克拉”来计算。

在这无常的世界、每一步都迈向空无的人间，重要的是“活”，而不是“钻石”。

每时每刻都是活生生的、都走向活的方向、都有完全的活。

每一个刹那都淳珍宝爱、都充满热诚与美、都有创造的力。

那么，生命就会有钻石的美好、钻石的光芒了。

# 心田上的百合花

众多不屑、讥讽鄙夷声里，
野百合努力地释放内心的能量。
有一天，它终于开花了。
它那灵性的洁白和秀挺的风姿，
成为断崖上最美丽的风景。

在一个偏僻遥远的山谷里，有一个高达数千尺的断崖。不知道什么时候，断崖边上长出了一株小小的百合。

一开始百合刚刚诞生的时候，长得和杂草一模一样。但是，它心里知道自己并不是一株野草。它的内心深处，有一个内在的纯洁的念头：“我是一株百合，不是一株野草。唯一能证明我是百合的方法，就是开出美丽的花朵。”

有了这个念头，百合努力地吸收水分和阳光，深深地扎根，直立地挺着小小的胸膛。终于在一个春天的清晨，百合的顶部结出了第一个花苞。

百合心里很高兴，附近的杂草却很不屑，它们在私底下嘲笑着百合：“这家伙明明是一株草，偏偏说自己是一株花，还真以为自己是一株花，我看它顶上结的不是花苞，而是头脑长瘤了。”

公开场合，它们则讥讽百合：“你不要做梦了，即使你真的会开花，在这荒郊野外，你的价值还不是跟我们一样？”偶尔也有飞过的蜂蝶鸟雀，它们也会劝百合不用那么努力开花：“在这断崖边上，纵然开出世界上最美的花，也不会有人来欣赏啊！”百合说：“我要开花，是因为我知道自己有美丽的花；我要开花，是为了完成作为一株花的庄严生命;我要开花，是由于自己喜欢以花来证明自己的存在。不管有没有人欣赏，不管你们怎么看我，我都要开花！”

众多不屑、讥讽鄙夷声里，野百合努力地释放内心的能量。有一天，它终于开花了。它那灵性的洁白和秀挺的风姿，成为断崖上最美丽的风景。这时候，野草与蜂蝶再也不敢嘲笑它了。百合花一朵一朵地盛开着，花朵上每天都有晶莹的水珠，野草们以为那是昨夜的露水，只有百合自己知道，那是极深沉的欢喜所结的泪珠。

年年春天，野百合努力地开花、结籽。它的种子随着风飘扬，落在山谷、草原和悬崖边上，到处都开满洁白的野百合。几十年后，远在百里外的人，从城市、从乡村，千里迢迢赶来欣赏百合开花。许多孩童跪下来，闻着百合花的芬芳；许多情侣互相拥抱，许下了“百年好合”的誓言。无数的人看到这从未见过的美景，感动得落泪，触动内心那纯净温柔的一角。后来，那里被人称为“百合谷地”。

不管别人怎么欣赏、称赞，满山的百合花都谨记着第一株百合的教导：“我们要全心全意默默地开花，以花来证明自己的存在。”

# 随风吹笛

每个人都会感动于自然的声音，
譬如夏夜里的蛙虫鸣唱，
春晨雀鸟的跃飞歌唱，
甚至刮风天里滔天海浪的交响。

远远的地方吹过来一股凉风。

风里夹着呼呼的响声。

侧耳仔细听，那像是某一种音乐，我分析了很久，确定那是笛子的声音，因为箫的声音没有那么清晰，也没有那么高扬。

由于来得遥远，使我对自己的判断感到怀疑：有什么人的笛声可以穿透广大的平野，而且天上还有雨，它还能穿过雨声，在四野里扩散呢？笛的声音好像没有那么悠长，何况只有简单的几种节奏。

我站的地方是一片乡下的农田，左右两面是延展到远处的稻田，我的后面是一座山，前方是一片麻竹林。音乐显然是来自麻竹林，而后面的远方仿佛也在回响。

竹林里是不是有人家呢？小时候我觉得所有的林间，竹林是最神秘的，尤其是那些历史悠远的竹林。因为所有的树林再密，阳光总可以毫无困难地穿透，唯有竹林的密叶，有时连阳光也无能为力；再大的树林也有规则，人能在其间自由行走，唯有某些竹林是毫无规则的，有时走进其间就迷途了。因此自幼，父亲就告诉我们“逢竹林莫入”的道理，何况有的竹林中是有乱刺的，像刺竹林。

这样想着，使我本来要走进竹林的脚步又迟疑了，在稻田里硬坐下来，独自听那一段音乐。我看看天色尚早，离竹林大约有两里路，遂决定到竹林里去走一遭——我想，有音乐的地方一定是安全的。

等我站在竹林前面时，整个人被天风海雨似的音乐震慑了，它像一片乐海，波涛汹涌，声威远大，那不是人间的音乐，竹林中也没有人家。

竹子的本身就是乐器，风是指挥家，竹子和竹叶的关系便是演奏者。我研究了很久才发现，原来竹子洒过了小雨，上面有着水渍，互相摩擦便发生尖利如笛子的声音。而上面满天摇动的竹叶间隙，即使有雨，也阻不住风，发出许多细细的声音，配合着竹子的笛声。

每个人都会感动于自然的声音，譬如夏夜里的蛙虫鸣唱，春晨雀鸟的跃飞歌唱，甚至刮风天里滔天海浪的交响。凡是自然的声音没有不令我们赞叹的，每年到冬春之交，我在寂静的夜里听到远处的春雷乍响，心里总有一种喜悦的颤动。

我有一个朋友，偏爱蝉的歌唱。孟夏的时候，他常常在山中独坐一日，为的是要听蝉声，有一次他送我一卷录音带，是在花莲山中录的蝉声。送我的时候已经冬天了，我在寒夜里放着录音带，一时万蝉齐鸣，使冷漠的屋宇像是有无数的蝉在盘飞对唱，那种经验的美，有时不逊于在山中听蝉。

后来我也喜欢录下自然的声籁，像是溪水流动的声音，山风吹抚的声音，有一回我放着一卷写明《溪水》的录音带，在溪水琤琮之间，突然有两声山鸟长鸣的悦音，盈耳绕梁，久久不灭，就像人在平静的时刻想到往日的欢愉，突然失声发出欢欣的感叹。

但是我听过许多自然之声，总没有这一次在竹林里感受到那么深刻的声音。原来在自然里所有的声音都是独奏，再美的声音也仅弹动我们的心弦，可是竹林的交响整个包围了我，像是百人的交响乐团刚开始演奏的第一个紧密响动的音符，那时候我才真正知道，为什么中国许多乐器都是竹子制成的，因为没有一种自然的植物能发出像竹子那样清脆、悠远、绵长的声音。

可惜的是我并没有能录下竹子的声音，后来我去了几次，不是无雨，就是无风，或者有风有雨却不像原来配合得那么好。我了解到，原来要听上好的自然声音仍是要有福分的，它的变化无穷，是每一刻全不相同，如果没有风，竹子只是竹子，有了风，竹子才变成音乐，而有风有雨，正好能让竹子摩擦生籁，竹子才成为交响乐。

失去对自然声音感悟的人是最可悲的，当有人说“风景美得像一幅画”时，境界便低了，因为画是静的，自然的风景是活的、动的；而除了目视，自然还提供各种声音，这种双重的组合才使自然超拔出人所能创造的境界。世上有无数艺术家，全是从自然中吸取灵感，但再好的艺术家，总无法完全捕捉自然的魂魄，因为自然是有声音有画面，还是活的，时刻都在变化的，这些全是艺术达不到的境界。

最重要的是，再好的艺术一定有个结局。自然是没有结局的，明白了这一点，艺术家就难免兴起“念天地之悠悠，独怆然而涕下”的寂寞之感。人能绘下长江万里图令人动容，但永远不如长江的真情实景令人感动；人能录下蝉的鸣唱，但永远不能代替看美丽的蝉在树梢唱出动人的歌声。

那一天，我在竹林里听到竹子随风吹笛，竟忘记了时间的流逝，等我走出竹林，夕阳已徘徊在山谷。雨已经停了，我却好像经过一场心灵的沐浴，把尘俗都洗去了。

我感觉到，只要有自然，人就没有自暴自弃的理由。

# 晴窗一扇

人可以用多么美的句子，
多么美的小说来写人生，
可惜我们不能是天空，
不能是那永恒的星星，
只有看着消逝的星星感伤的份儿。

台湾登山界流传着一个故事，一个又美丽又哀愁的故事。

传说有一位青年登山家，有一次登山的时候，不小心跌落在冰河之中；数十年之后，他的妻子到那一带攀登，偶然在冰河里找到已经被封冻了几十年的丈夫。这位埋在冰天雪地里的青年，还保持着他年轻时代的容颜，而他的妻子因为在尘世里，已经是两鬓飞霜年华老去了。

我第一次听到这个故事时，整个胸腔都震动起来，它是那么简短，那么有力地说出了人处在时间和空间之中，确定是渺小的，有许多机缘巧遇正如同在数十年后相遇在冰河的夫妻。

许多年前，有一部电影叫“失去的地平线”，那里是没有时空的，人们过着无忧无虑的快乐生活。一天，一位青年在登山时迷途了，闯入了失去的地平线，并且在那里爱上一位美丽的少女；少女向往着人间的爱情，青年也急于要带少女回到自己的家乡，两人不顾大家的反对，越过了地平线的谷口，穿过冰雪封冻的大地，历尽千辛万苦才回到人间；不过在青年回头的那一刻，少女已经是满头银发，皱纹满布，风烛残年了。故事便在幽雅的音乐和纯白的雪地中揭开了哀伤的结局。

本来，生活在失去的地平线的这对恋侣，他们的爱情是真诚的，也都有创造将来的勇气，他们为什么不能有圆满的结局呢？问题发生在时空，一个处在流动的时空，一个处在不变的时空，在他们相遇的一刹那，时空拉远，就不免跌进了哀伤的迷雾中。

最近，台北在公演白先勇小说《游园惊梦》改编的舞台剧，我少年时代几次读《游园惊梦》，只认为它是一个普通的爱情故事，年岁稍长，重读这篇小说，竟品出浓浓的无可奈何。经过了数十年的改变，它不只是一个年华逝去的妇人对风华万种的少女时代的回忆，而是对时空流转之后人力所不能为的忧伤。时空在不可抗拒的地方流动，到最后竟使得一朝春尽红颜老，花落人亡两不知。

“时间”和“空间”这两道为人生织锦的梭子，它们的穿梭来去竟如此的无情。

在希腊神话里，有一座不死不老的神仙们所居住的山上，山口有一个大的关卡，把守这道关卡的就是“时间之神”，它把时间的流变挡在山外，使得那些神仙可以永葆青春，可以和山、和太阳、和月亮一样的永恒不朽。

作为凡人的我们，没有神仙一样的运气，每天抬起头来，眼睁睁地看见墙上挂钟滴滴答答走动匆匆的脚步，即使坐在阳台上沉思，也可以看到日升、月落、风过、星沉，从远远的天外流过。有一天，我们偶遇到少年游伴，发现他略有几根白发，而我们的心情也微近中年了。有一天，我们突然发现院子里的紫丁香花开了，可是一趟旅行回来，花瓣却落了满地。有一天，我们看到家前的旧屋被拆了，可是过不了多久，却盖起一栋崭新的大楼。有一天……我们终于察觉，时间的流逝和空间的转移是那样的无情和霸道，完全没有商量的余地。

中国的民间童话里也时常描写这样的情景，有一个人在偶然的机缘下到了天上，或者游了龙宫，十几天以后他回到人间，发现人事全非，手足无措；因为“天上一日，世上一年”，他游玩了十数天，世上已过了十几年，十年的变化有多么大呢？它可以大到你回到故乡，却找不到自家的大门，认不得自己的亲人。贺知章的《回乡偶书》里很能表达这种心情：“少小离家老大回，乡音无改鬓毛衰。儿童相见不相识，笑问客从何处来？”数十年的离乡，甚至可以让主客易势呢！

“色相是幻，人间无常”实在是参透了时空的真实，让我们看清一朵蓓蕾很快地盛开，而不久它又要凋落了。

《水浒传》的作者施耐庵在该书的自序里有短短的一段话："每怪人言，某甲于今若干岁。夫若干者，积而有之之谓。今其岁积在何许？可取而数之否？可见已往之吾，悉已变灭。不宁如是，吾书至此句，此句以前，已疾变灭，是以可痛也。"（我常对于别人说"某甲现在若干岁"感到奇怪，若干，是积起来而可以保存的意思，而现在他的岁积存在什么地方呢？可以拿出来数吗？可见以往的我已经完全改变消失，不仅是这样，我写到这一句，这一句以前的时间已经很快改变消失，这是最令人心痛的。）正是道出了一个大小说家对时空的哀痛。古来中国的伟大小说，只要我们留心，它讲的几乎全有一个深刻的时空问题，《红楼梦》的花柳繁华温柔富贵，最后也走到时空的死角；《水浒传》的英雄豪杰重义轻生，最后下场凄凉；《三国演义》的大主题是"天下大势分久必合，合久必分"；《金瓶梅》是色与相的梦幻散灭；《镜花缘》是水中之月，镜中之花；《聊斋志异》是神鬼怪力，全是虚空；《西厢记》是情感的失散流离；《老残游记》更明显地道出了：眼看他起高楼，眼看他楼塌了。

我们的文学作品里几乎无一例外的，说出了人处在时空里的渺小，可惜没有人从这个角度深入探讨，否则一定会发现中国民间思想，对时空的递变有很敏感的触觉。西方有一句谚语："你要永远快乐，只有向痛苦里去找。"正道出了时空和人生的矛盾，我们觉得快乐时，偏不能永远，留恋着不走的，永远是那令人厌烦的东西——这就是在人生边缘上不时作弄我们的时间和空间。

柏拉图写过一首两行的短诗：

你看着星吗，我的星星？
我愿为天空，得以无数的眼看你。

人可以用多么美的句子，多么美的小说来写人生，可惜我们不能是天空，不能是那永恒的星星，只有看着消逝的星星感伤的份儿。

有许多人回忆过去的快乐，恨不能与旧人重逢，恨不能年华停伫，事实上，却是天涯远隔，是韶光飞逝，即使真有一天与故人相会，心情也像在冰雪封冻的极地，不免被时空的箭射中而哀伤不已吧！日本近代诗人和泉式部有一首有名的短诗：

心里怀念着人，
见了泽上的萤火，

也疑是从自己身体出来的梦游的魂。

我喜欢这首诗的意境，尤其“萤火”一喻，我们怀念的人何尝不是夏夜的萤火忽明忽灭，或者在黑暗的空中一转就远去了，连自己梦游的魂也赶不上，真是对时空无情极深的感伤了。

# 海边的白蝴蝶

未写完的诗、没有结局的恋情、
被惊醒的梦、在对山
看不清楚的庄园、
缘尽情未了的故事，
都是在生命大海边飞舞的白蝴蝶，
不一定要快步跑去看清。

我和两个朋友一起去海边拍照、写生，朋友中一位是摄影家，一位是画家，他们同时为海边的荒村、废船、枯枝的美惊叹而感动了，白净绵长的沙滩反而被忽视，我看到他们拿出相机和素描簿，坐在废船头工作，那样深情而专注，我想到，通常我们都为有生机的事物感到美好，眼前的事物生机早已断丧，为什么还会觉得美呢？恐怕我们感受到的是时间，以及无常、孤寂的美吧！

然后，我得到一个结论：一个人如果愿意时常保有寻觅美好感觉的心，那么在事物的变迁之中，不论是生机盎然或枯落沉寂都可以看见美，那美的原不在事物，而在心灵、感觉，乃至眼睛。

正在思维的时候，摄影家惊呼起来："呀！蝴蝶！一群白蝴蝶。"他一边叫着，一边立刻跳起来，往海岸奔去。

往他奔跑的方向看去，果然有七八只白影在沙滩上追逐，这也使我感到讶异，海边哪来的蝴蝶呢？既没有植物，也没有花，风势又如此狂乱。但那些白蝴蝶上下翻转地飞舞，确实是非常美的，怪不得摄影家跑那么快，如果能拍到一张白蝴蝶在海浪上飞的照片，就不枉此行了。

我看到摄影家站在白蝴蝶边凝视，并未举起相机，他扑上去抓住其中的一只，那些画面仿佛是默片里，无声、慢动作的剪影。

接着，摄影家用慢动作走回来了，海边的白蝴蝶还在他的后面飞。

“拍到了没？”我问他。

他颓然地张开右手，是他刚刚抓到的蝴蝶。我们三人同时大笑起来，原来他抓到的不是白蝴蝶，而是一片白色的纸片。纸片原是沙滩上的垃圾，被海风吹舞，远远看，就像一群白蝴蝶在海面飞。

真相往往是这样无情的。

我对摄影家说：“你如果不跑过去看，到现在我们都还以为是白蝴蝶呢！”

确实，在视觉上，垃圾纸片与白蝴蝶是一模一样、无法分别的，我们的美的感应，与其说来自视觉，还不如说来自想象，当我们看到“白蝴蝶在海上飞”和“垃圾纸在海上飞”，不论画面或视觉是等同的，差异的是我们的想象。

这更使我想到感官的感受原是非实的，我们许多时候是受着感官的蒙骗。

其实在生活里，把纸片看成白蝴蝶也是常有的事呀！

结婚前，女朋友都是白蝴蝶，结婚后，发现不过是一张纸片。

好朋友原来都是白蝴蝶，在断交反目时，才看清是纸片。

未写完的诗、没有结局的恋情、被惊醒的梦、在对山看不清楚的庄园、缘尽情未了的故事，都是在生命大海边飞舞的白蝴蝶，不一定要快步跑去看清。只要表达了，有结局了，不再流动思慕了，那时便立刻停格，成为纸片。

我回到家里，坐在书房远望着北海的方向，想想，就在今天的午后，我还坐在北海的海岸吹海风，看到白色的蝴蝶——喔，不！白色的纸片——随风飞舞，现在，这些好像真实经验过的，都随风成为幻影。或者，会在某一个梦里飞来，或者，在某一个海边，在某一世，也会有蝴蝶的感觉。

唉唉！一只真的白蝴蝶，现在就在我种的一盆紫茉莉上吸花蜜哩！你信不信？

你信！恭喜你，你是有美感的人，在人生的大海边，你会时常看见白蝴蝶飞进飞出。

你不信？也恭喜你，你是重实际的人，在人生的大海边，你会时常快步疾行，去找到纸片与蝴蝶的真相。

# 大雪的故乡

他的流放，隔断了他对
故国的联系，
也正是他的流放，
使他的同情与关爱
自俄国的土地扩散，
用明亮的巨眼注视世界。

一九八二年十月二十日，当代知名的作家索尔仁尼琴，站在台湾嘉义的“北回归线”标志碑前露出了开心的微笑，他兴奋地说:“这是我有生以来，第一次踏上热带的土地。”

看到索尔仁尼琴站在“北回归线”上的形象,给我一种大的感动。那个小小的标志碑上有一个雕塑，是地球交错而过的两条经纬线，北回归线是那横着的一条，一直往北或往南，就到了落雪的寒带。这个纪念碑是站在台湾的南部大平原上，我曾数次路过。

每次站在它的前面，遥望远方，心中就升起一种温暖的感觉，它站的地方正是我们美丽的沃土。

跨过这条“北回归线”，往南方的热带走去，是我童年生长的温暖家。同样的，走过“北回归线”往北渡海的远方，是我的祖父那一辈生长的大雪的故乡。由于这样的情感，站在那条线上，是足以令人幽思徘徊的。

索尔仁尼琴站在北回归线上的形象，使我想起他在一次访问时流露出来对故乡的情感。日本研究俄国文学最杰出的学木村浩，去年九月曾到美国佛蒙特州索尔仁尼琴居住的山庄去访问，他看着窗外佛州茂密的森林问索尔仁尼琴："到了冬天，这一带是否会下大雪？"索尔仁尼琴将视线转向窗外，注视片刻后，静静地道："虽然每年不尽相同，可是雪相当大，你知道，没有雪，俄国人是活不下去的。"

在那一次访问里，索尔仁尼琴还说道："被放逐的时候，我总认为两三年后就能回去的。谁知道一眨眼已经七年了。不过，我是一个乐观主义者，所以坚信一定能够回去的。"

谈到这一段话，不禁令我思绪飞奔，索尔仁尼琴对他的俄国故乡是怀着浓重乡愁的。他的"下着大雪的故乡"曾是他忧思和呐喊的起源，对着他的人民和国土，索尔仁尼琴有着浓郁的血泪和感情。由于他的流放，他对那些流离失所的人也就有了特别的关爱和同情。

他的流放，隔断了他对故国的联系，也正是他的流放，使他的同情与关爱自俄国的土地扩散，用明亮的巨眼注视世界，使他从"俄国的索尔仁尼琴"成为"世界的索尔仁尼琴"。

很早以前，我就喜欢俄国的文学，包括托尔斯泰、陀思妥耶夫斯基、契诃夫、高尔基、果戈理等人的作品；甚至到帕斯捷尔纳克（《日瓦戈医生》的作者）、索尔仁尼琴，我觉得俄国文学有一个伟大的传统，这个传统是由一片辽阔的土地和忍苦的人民所孕育出来的。

他们共同具有浓厚的宗教气氛，有一种博爱的人道主义精神，还有正面的理想主义气质。

虽然在那个苦寒的土地上，文学艺术家不时受到挫折，他们却总是像巨树一样，站立在最寒冷的土地上。尤其是从十八世纪以后，俄国的文学家、音乐家、舞蹈家更是天才辈出，闪炽着星星一样的光芒，他们之所以伟大，是因为在作品中流露出对人和土地的热爱，充满了强烈的乡土恋情。

一个人的故乡能给他以后提供一个什么样的背景，我觉得读俄国文学家的作品最能感受深刻。以前阿·托尔斯泰在巴黎流亡时，写出《苦难的历程》和《彼得大帝》，现在流放在美国的索尔仁尼琴写出《古拉格群岛》、《癌病房》、《一九一四年八月》，都是对他们国土热爱的记述和苦难人民的呼声。他们强调真正的俄罗斯，那是他们成长的地方，一个落着大雪的故乡。由于他们永不丧失的正义与良知，使俄国文学长久以来就是人类最珍贵的文学灵魂的一部分。

曾在劳改营度过八年岁月，在流刑中罹患癌症幸而未死，最后被流放的索尔仁尼琴，到今天他还热烈地爱着他祖国的土地、森林和人民，盼望有朝一日能返回故土，为他的同胞奉献生命。

我觉得这种对故土的怀思，以及在作品中表现出强烈的家国情味，正是文学中最可珍贵的品质，“苦难能造就有节操的灵魂”，生在现代的中国人让俄国的大地文学作品不能无感。

俄国有一首动人的民谣，它是这样歌颂它的土地和苦难的：

贝加尔湖呀，
是我们的母亲，
她温暖着流浪汉的心，
为争取自由挨苦难，
我流浪在贝加尔湖滨，
为争取自由挨苦难，
我流浪在贝加尔湖滨。

中国过去的民谣也有许多类似的歌唱或悲歌，可是为什么中国经过这么长期的苦难，竟没有能产生与俄罗斯文学一样博大的近代作品呢？

## 雪梨的滋味

可惜的只是，
那些血早已埋在土里，
并没有染在梨上，
以至于后世的子孙，
有许多已经对那些梨树下
横飞的血肉失去了记忆。

不知道为什么，所有的水果里，我最喜欢的是梨；梨不管在什么时间，总是给我一种凄清的感觉。我住处附近的通化街，有一条卖水果的街，走过去，在水银灯下，梨总是洁白地从摊位中跳脱出来，好像不是属于摊子里的水果。

总是记得我第一次吃水梨的情况。

在乡下长大的孩子，水果四季不缺，可是像水梨和苹果却无缘会面，只在梦里出现。

我第一次吃水梨是在一位亲戚家里，亲戚刚从外国回来，带回一箱名贵的水梨，一再强调它是多么不易地横越千山万水来到。我抱着水梨就坐在客厅的角落吃了起来，因为觉得是那么珍贵的水果，就一口口细细地咀嚼着，没想到吃不到一半，水梨就变黄了，我站起来，告诉亲戚："这水梨坏了。"

"怎么会呢？"亲戚的孩子惊奇着。

"你看，它全变黄了。"我说。

亲戚虽一再强调，梨削了一定要一口气吃完，否则就会变黄的，但是不管他说什么，我总不肯再吃，虽然水梨的滋味是那么鲜美，我的倔强把大人都弄得很尴尬，最后亲戚笑着说：“这孩子还是第一次吃梨呢！”

后来我才知道，梨的变黄是因为氧化作用，私心里对大人们感到歉意，却也来不及补救了。从此我一看到梨，就想起童年吃梨时令人脸红的往事，也从此特别的喜欢吃梨，好像在为这补偿什么。

在我的家乡，有一个旧俗，就是梨不能分切来吃，因为把梨切开，在乡人的观念里认为这样是要“分离”的象征。我们家有五个孩子，常常望着一两个梨兴叹，兄弟们让来让去，那梨最后总是到了我的手里，妈妈的理由很简单：因为我身体弱，又特别爱吃水梨。

直到家里的经济好转，台湾也自己出产水梨，那时我在外地求学，每到秋天，我开学要到学校去，妈妈一定会在我的行囊里悄悄塞几个水梨，让我在客运车上吃。我虽能体会到妈妈的爱，却不能深知梨的意义。直到我踏入社会，回家的日子经常匆匆，有时候夜半返家，清晨就要归城，妈妈也会分外起早，到市场买两个水梨，塞在我的口袋里，我坐在疾行的火车上，就把水梨反复地摩挲着，舍不得吃，才知道一个小小的水梨，竟是代表了妈妈多少的爱意和思念，这些情绪在吃水梨时，就像梨汁一样，满溢了出来。

有一年暑假，我为了爱吃梨，跑到梨山去打工，梨山的早晨是清冷的，水梨被一夜的露气冰镇，吃一口，就凉到心底。由于农场主人让我们免费吃梨，和我一起打工的伙伴们，没几天就吃怕了，偏就是我百吃不厌，每天都是吃饱了水梨，才去上工。那一年暑假，是我学生时代最快乐的暑假，梨有时候不只象征分离，它也可以充满温暖。

记得爸爸说过一个故事，他们生在日本人盘踞的时代，他读小学的时候，日本老师常拿出烟台的苹果和天津的雪梨给他们看，说哪一天打倒中国，他们就可以在山东吃大苹果，在天津吃天下第一的雪梨。爸爸对梨的记忆因此有一些伤感，他每次吃梨就对我们说一次这个故事，梨在这时很不单纯，它有国仇家恨的滋味。日本人为了吃上好的苹果和梨，竟用武士刀屠杀了数千万中国同胞。

有一次，我和妻子到香港，正是天津雪梨盛产的季节，有很多梨销到香港，香港卖水果的摊子部供应“雪梨汁”，一杯五元港币，在我寄住的旅馆楼下正好有一家卖雪梨汁的水果店，我们每天出门前，就站在人车喧闹的尖沙咀街边喝雪梨汁。雪梨汁的颜色是透明的，温凉如玉，清香不绝如缕，到现在我还无法用文字形容那样的滋味。因为在那透明的汁液里，我们总喝到了似断还未断的乡愁。

天下闻名的天津雪梨，表皮有点青绿，个头很大，用刀子一削，就露出晶莹如白雪的肉来，梨汁便即刻随刀锋起落滴到地上。我想，这样洁白的梨，如果染了血，一定会显得格外殷红，我对妻子说起爸爸小学时代的故事，妻子说：“那些梨树下不知道溅了多少无辜的血呢！”

可惜的只是，那些血早已埋在土里，并没有染在梨上，以至于后世的子孙，有许多已经对那些梨树下横飞的血肉失去了记忆。可叹的是，日本人恐怕还念念不忘天津雪梨的美味吧！

水梨，现在是一种普通的水果，满街都在叫卖，我每回吃梨，就有种种滋味浮上心头。最强烈的滋味是日本人给的，他们曾在梨树下杀过我们的同胞，到现在还对着梨树喧嚷，满街过往的路客，谁想到吃梨有时还会让人伤感呢？

# 金鼠

我并没有资格评定动物的贵贱，
只是我知道，不管面对什么动物，
我们都要有珍惜的心，
我相信，不能爱惜猫的人
绝对无法疼惜一只老鼠。

在饶河街夜市，看到一只黄金鼠，全身长着拖地的长毛，背的部分是金黄色，尾端是银白色。它的长毛中分，一丝不乱，显然被仔细地梳理过。

那只金银两色的黄金鼠，引起逛夜市人群的围观，大部分的人议论纷纷："从来没有见过这样美丽的老鼠呀！"当大家看到它竟然可以把食物藏在腮边，还可以自己洗脸、清洗长毛的时候，更是忍不住惊叹。

根据卖黄金鼠的小贩说，黄金鼠多是短毛的，原产于欧洲，性情乖顺，一般的黄金鼠是灰色或土色，他说："从中古世纪以来，黄金鼠就是欧洲贵族的宠物，现在则是台北人最时髦的宠物。"

他轻轻抓起那金银两色的黄金鼠，说："这一只更是稀有、名贵，这是变种的黄金鼠，才会有长毛，还有两种最珍贵的颜色呀！"

有人问说："这一只要卖多少钱呢？"

小贩笑着说："一只才一千八百元。"

"太贵了，哪有老鼠卖这么贵的。"问的人摇摇头，走了。

"这个价钱很公道，因为真的是很稀罕，很稀罕呀！"小贩对围观的人说。

“一千八百元？”站在一旁的我，也以为是听错，又问了一次。

“是，才一千八百元。”小贩加强语气说，“你要买便宜的也有哪，这个箱子里的每只一百五十元，那个箱子里小一点的，一只一百元。”

我仍然感到吃惊，眼前这只稀罕的黄金鼠虽是变种，又是长毛，也仍然是一只老鼠，一只老鼠卖到一千八，在我的想象中是不可思议的。

我随着走过黄金鼠的摊位，隔壁正好是卖陶瓷的摊位，一个米粒烧的瓷杯卖二十元，一个很好的宜兴陶壶卖五百元。看着这些来自彼岸的物品，使我想起一只长毛黄金鼠的价格，正好是三百六十元人民币，很多人工作两个月的薪资，还比不上一只老鼠的价钱。这样想，使我感到一种幽微的痛心。住在台湾的人，玩狗、玩鸟、玩猫之不足，玩红龙、玩娃娃鱼，现在竟可以花一千八百元买一只老鼠了。

几天前看报纸，知道台北的宠物店无奇不有，鳄蜥与变色龙一只要价七千元以上。

甚至有人进口青蛙当宠物，小丑蛙一只两千五百元，绿树蛙七百元，最普通的红肚青蛙，一只也要卖四百元。我不能了解为什么有人要花昂贵的价钱养这些野生动物当宠物，是为了时髦、好奇或是无事可做呢？

正在这样想，已经不知不觉走到夜市的尽头，看到有一堆垃圾，周围有两三只狗，四五只猫正在觅食垃圾里的食物。我在旁边仔细地观察着它们。狗是比较无觉的，对于我的注视浑然无知，或者说是懒得理睬。但敏感的猫很快就察觉到，警觉地抬起头来瞄我许久，发现我并没有要赶跑它们的意图，便继续埋首吃垃圾了。

其中有一只，外形特别美丽的，看了我一眼，立刻有些羞赧地跳下垃圾堆，它那跃下来时优雅与敏捷的动作似曾相识，呀！竟是我从前饲养过的那种白色长毛的波斯猫。

我不敢确定波斯猫也会流落到垃圾堆捡食物，不敢确定被称为“白猫王子”的波斯猫竟没有疼惜它的主人，于是跟随它走了一段路，直到灯光灿亮的路灯下才敢确定，没有错！是一只波斯猫！

是因为年纪老了？或者因为生病了？或者，是走失了？抑或是，主人养腻了？这纯种、有着美丽白毛的波斯猫，竟被它的主人弃养，沦落成为街头流浪的野猫。当我思考的时候，白猫垃圾王子，迅速越过街道，消失在对街黑暗的小巷之中。

人间的是非正是如此难以评断，长毛的黄金鼠以一只一千八百元的价格被当成稀有的宠物；一向被当成宠物的波斯猫，流落在夜市的垃圾中寻找食物，这种相反的生命情境，使我有一种深刻的荒谬之感。

猫鼠原没有固定的价值，只是由于人的好恶而显出贵贱，当一只优雅的波斯猫在垃圾中寻找食物，它的内心是不是也有如是的感叹呢？

当然，我并没有资格评定动物的贵贱，只是我知道，不管面对什么动物，我们都要有珍惜的心，我相信，不能爱惜猫的人绝对无法疼惜一只老鼠；我也确信，不能爱惜田间青蛙与蜥蜴的人，也绝不可能对变色龙或小丑蛙有真爱的心。

即使不是宠物，像提供我们食物的牛羊鸡鸭，不断地奉献生命，死而后已，我们的心里可曾有一丝疼惜与感念呢？

当我们买一千八百元的老鼠之际，我们是真爱那只老鼠，还是重视那个价钱？如果长毛黄金鼠一只十八元，我们还会宠爱它吗？当我们花两千五百元买一只青蛙的时候，是因为价钱而重视青蛙，还是真爱一只青蛙呢？如果真爱青蛙，市场里多的是，一斤才四十元呀！

在人世里，我们重视一个人不也如此吗？往往重视的是附加在人身上的名利、权位，甚至衣服，只有一个人能看透外在的虚妄，进入内在的照见与品质，才是真正的智者呀！

# 野姜花

我总是感谢那些卖花的人，
他们和我原来都是不相识的，
因为有了花魂，
我们竟可以在任何时地有了灵犀一点，
小小的一把花想起来自有它的魅力。

在通化市场散步，拥挤的人潮中突然飞出来一股清气，使人心情为之一爽。循香而往，发现有一位卖花的老人正在推销他从山上采来的野姜花，每一把有五枝花，一把十块钱。

老人说他的家住在山坡上，他每天出去种作的时候，总要经过横生着野姜花的坡地，从来不觉得野姜花有什么珍贵。只觉得这种花有一种特别的香。今年秋天，他种田累了，依在村旁午睡，睡醒后发现满腹的香气，清新的空气格外香甜。老人想：这种长在野地里的香花，说不定有人喜欢，于是他剪了一百把野姜花到通化街来卖，总在一小时内就卖光了。老人说："台北爱花的人真不少，卖花比种田好赚哩！"

我买了十把野姜花，想到这位可爱的老人，也记起买野花的人可能是爱花的，可能其中也深埋着一种甜蜜的回忆。就像听一首老歌，那歌已经远去了，声音则留下来，每一次听老歌，我就想起当年那些同唱一首老歌的朋友，他们的星云四散，使那些老歌更显得韵味深长。

第一次认识野姜花的可爱，是许多年前的经验，我们在木栅醉梦溪散步，一位少女告诉我："野姜花的花像极了停在绿树上的小白蛱蝶，而野姜花的叶则像船一样，随时准备出航向远方。”然后我们相偕坐在桥上，把摘来的野姜花一瓣瓣飘下溪里，真像蝴蝶翩翩；将叶子掷向溪里，平平随溪水流去，也真像一条绿色的小舟。女孩并且告诉我：“有淡褐色眼珠的男人都注定要流浪的。”然后我们轻轻的告别，从未再相见。

如今，岁月像蝴蝶飞过、像小舟流去，我也度过了很长的一段流浪岁月，仅剩野姜花的兴谢在每年的秋天让人神伤。后来我住在木栅山上，就在屋后不远处有一个荒废的小屋，春天里桃花像一串晶白的珍珠垂在各处，秋风一吹，野姜花的白色精灵则迎风飞展。我常在那颓落的墙脚独坐，一坐便是一个下午，感觉到秋天的心情可以用两句诗来形容：“曲终人不见，江上数峰青。”

记忆如花一样，温暖的记忆则像花香，在寒冷的夜空也会放散。

我把买来的野姜花用一个巨大的陶罐放起来，小屋里就被香气缠绕，出门的时候，香气像远远的拖着一条尾巴，走远了，还跟随着。我想到，即使像买花这样的小事，也有许多珍贵的经验。

有一次赶火车要去见远方的友人，在火车站前被一位卖水仙花的小孩拦住，硬要叫人买花，我买了一大束水仙花，没想到那束水仙花成为最好的礼物，朋友每回来信都提起那束水仙，说：“没想到你这么有心！”

又有一次要去看一位女长辈，这位老妇年轻时曾有过美丽辉煌的时光，我走进巷子时突然灵机一动，折回花店买了一束玫瑰，一共九朵。我说：“青春长久。”竟把她感动得眼中含泪，她说：“已经有十几年的时间没有人送我玫瑰了，没想到，真是没想到还有人送我玫瑰。”说完她就轻轻啜泣起来，我几乎在这种心情中看岁月蹑足如猫步，无声悄然走过，隔了两星期我去看她，那些玫瑰犹未谢尽，原来她把玫瑰连着花瓶冰在冰箱里，想要捉住青春的最后，看得让人心疼。

每天上班的时候，我会路过复兴甫路，就在复兴南路和南京东路的快车道上，时常有一些卖玉兰花的人，有小孩、有少女，也有中年妇人，他们将四朵玉兰花串成一串，车子经过时就敲着你的车窗说：“先生，买一串香的玉兰花。”使得我每天买一串玉兰花成为习惯，我喜欢那样的感觉——有人敲车窗卖给你一串花，而后天涯相错，好像走过一条乡村的道路，沿路都是花香鸟语。

印象最深的一次是在东部的东澳乡旅行，所有走苏花公路的车子都要在那里错车。有一位长着一对大眼睛的山地小男孩卖着他从山上采回来的野百合，那些开在深山里的百合花显得特别小巧，还放散着淡淡的香气。我买了所有的野百合，坐在沿海的窗口，看着远方海的湛蓝及眼前百合的洁白，突然兴起一种想法，这些百合开在深山里是很孤独的，唯其有人欣赏它的美和它的香才增显了它存在的意义，再好的花开在山里，如果没有被人望见就谢去，便减损了它的美。

因此，我总是感谢那些卖花的人，他们和我原来都是不相识的，因为有了花魂，我们竟可以在任何时地有了灵犀一点，小小的一把花想起来自有它的魅力。

当我们在随意行路的时候，遇到卖花的人，也许花很少的钱买一把花，有时候留着自己欣赏，有时候送给朋友，不论怎么样处理，总会值回花价的吧！

## 第凡内印象

我想，如果我当年学画从杨贵妃、
赵飞燕的石膏像学起，
或者是临摹韩干笔下的
圆脸肥壮的马上人物的话，
可能今天就不是这样了。

朋友一定要带我去看第凡内珠宝店。我说："第凡内珠宝店有什么好看呢？""第凡内珠宝店是世界最有名的珠宝店，在电影《第凡内早餐》中，那个瘦瘦的奥黛丽·赫本站在一家珠宝店观望半天，流连忘返的就是第凡内珠宝店！""好吧,看在奥黛丽·赫本的份儿上,我们到第凡内珠宝店逛逛。"我们便搭上地下铁到第五街去。

纽约第五街是纽约最繁华的商业中心（可能也是世界最繁华的地方），尤其是傍晚公司下班而商店还开着的时候，第五街上流动着粉红的人潮，所谓粉红色，是充满了生气及美丽的颜色。这时，在公司上班的男男女女全从办公室涌出来，他们全穿着光鲜而时髦的服装，几乎每个人身上的颜色和式样全精心地挑选过，你站在远处看，这些人潮真像一幅流动着的线条明朗的抽象画。有一次我在城区的五十七街逛画廊，这里有数十家第一流的画廊，展示着许多成名的和未成名画家的作品。我一家一家地逛过去，在一家展示印象派绘画的画廊窗里往外望，高大的富有生气的办公室女郎在窗外像蝴蝶一样飞过，我突然觉得印象派的光影在那一刻仿佛从巴黎到了纽约的黄昏。

在纽约逛过一百多个画廊，看到从中世纪以来西方艺术的光耀夺目，再仔细地在街头走走，看到许多美丽的西方人（不是电影里的，而是生活的），我常常走路走到一半就驻足下来，深沉地这样想着：为什么西方人比较美呢？是不是我自己的审美观出了问题？

有一天我在洛克菲勒中心附近，天空慢慢地飘起小雪，我找到一家路边的咖啡厅坐定，那家咖啡厅有一排明亮的落地窗，我看到许多美女走过，不知道为什么忽然浮起童年看布袋戏的一幕。那时布袋戏惯常分为“东南派”和“西北派”：东南派是好人，全是黑发黑眼眉目清秀的中国人样子，西北派是坏人，全是金发碧眼的高鼻大目的外国人。

在童年的心灵里，我觉得“西北派”那一帮人实在长得不高明，而此刻，当我面对着“西北派”的许多真人时，竟自卑了起来，到底问题出在哪里呢？

后来我慢慢地找到答案，当我学画的时候，第一位教我绘画的教师，教我的第一张炭笔画便是维纳斯的雕像，他说：“你看那眼睛、鼻子、嘴唇的轮廓多美，你看那比例多么匀称，中国女子再也找不到维纳斯这种美女了。”第二个画的是阿古力巴，他说：“你看他的下巴多么有力量，眉宇间也充满了英气！”因为学了画，我不止一次地读西洋美术史，又不断地审阅西方艺术家的作品，总是一而再、再而三地被那些艺术感动。

长大以后，我迷上电影，电影里西方的美男美女像潮水一样不断地在我的脑中涨落，而且这种好莱坞的审美观每天都在报纸上大量地传播着，然后我看中国电影里的明星们，也都或多或少长了一些好莱坞模式。于是，“东南派”的信心随布袋戏的没落而消退了，代之而起的是对“西北派”的向往。

在咖啡厅的那一刻，我惊觉到中国的审美观已经处在一种可怕的危机里了。我想，如果我当年学画从杨贵妃、赵飞燕的石膏像学起，或者是临摹韩干笔下的圆脸肥壮的马上人物的话，可能今天就不是这样了。或者中国电影争气，有几个可供怀思的人物典型，那么今天我们就不会把美随便地赋予费雯丽、克拉克·盖博了。

纽约的地下铁挤满了各种人，有典型的金发碧眼美人，有黑人、犹太人、日本人、中国人、波多黎各人，或者不知道哪里人，他们总是有着很大的差别，我想，不知道他们的审美观是怎么样的？唯一可以肯定的是，艺术愈强大的国家恐怕就对审美愈有自信吧！

从纽约的地下铁钻出来，往第凡内珠宝店走的时候，因为我那样子想过，心情清淡了不少，对于看美女的兴致也减低了。到了第凡内珠宝店，这是一家巨大的店，偌大的面街橱窗里只摆了一颗亮闪闪的钻石，大门锁住了，朋友说：“你要先通知柜台的小姐，她看清楚了才会来开门。”我说：“不了，看看橱窗就够了。”

我们便散步去找了一家咖啡店，自嘲地说：“至少奥黛丽·赫本长得有一点中国人的样子！”朋友没有听清我的话，追问着：“什么？你说什么？”“没有。”我说：“我们随便找个地方坐坐吧！第凡内珠宝店也不过如此！”

# 青铜时代

每个人的青年期
都平凡如一团泥巴，
只看如何去捏塑。
罗丹之所以成为伟大的艺术家，
那是他把人人有过的泥巴、
石头、青铜一再地来
见证自己的生命，
终于成就了自己。

近代雕刻大师罗丹，有一件早年的作品《青铜时代》( The Age of Bronze )，是我十分喜爱的雕刻作品。这件作品雕的是一个青年的裸像，他的右手紧紧抓着头发，左手握紧拳头，头部向着远方和高处，眼睛尚未睁开，右脚的步伐在举与未举之间，巴黎大学教授熊秉明说这件作品“年轻的躯体还在沉睡与清醒之间，全身的肌肉也都在沉睡与清醒之间，眼睛还没有睁开，尚未看到外界，当然尚未看到敌人与爱人，像一个刚刚成熟的蛹，开始辗转蠕动，顷刻间便要冲破茧壳，跳入广阔的世界。”

他还说：“好像火车头的蒸汽锅已经烧足火力，只还没有开闸发动。”他并且评述说：“我想老年的罗丹就再做不出《青铜时代》来。只有少壮的雕刻家的手和心才能塑出如此少壮生命的仪态和心态。”

熊秉明先生在《罗丹：日记择抄》中所做对《青铜时代》的观察与评论都非常深刻，使我想起去年在美国华盛顿国家美术馆看罗丹的雕刻大展，当时最吸引我注意的是《青铜时代》与《沉思者》两件作品。《沉思者》刻着一个中年人支着下巴在幽思，是最广为人知的罗丹作品，也是罗丹风格奠定以后的杰作，《青铜时代》则是鲜为人知，有许多罗丹的画册甚至没有这件作品，老实说，我自已喜爱《青铜时代》是远胜于《沉思者》的。

在美术馆里，我从《青铜时代》走到《沉思者》，再走回来，往来反复地看这两件作品，希望找出为什么我偏爱罗丹“少作”胜过“名作”的理由。后来我站在高一百八十一公分与真人同大的《青铜时代》面前，仿佛看到自己还未起步时青春璀璨的岁月。

我发现我爱《青铜时代》是因为它充满了未知的可能，它可以默默无闻，也能灿然放光；它可以渺小如一粒沙，也能高大像一座山;它可能在迈步时就跌倒，也可能走到浩浩远方;它说不定短暂，但或者也会不朽……因为，它到底只走了生命的一小段。

《沉思者》却不同，它坐着虽有一百八十六公分高，肌肉也十分强健，但到底已经走到生命的一半，必须坐下来反省了，由于它有了太多的反省，生命的可能减弱了，也阻碍了行动的勇猛。两者之间的差别是很大的，不管怎么样，青年总比中年有更大的天空，它真像刚刚出炉的青铜，敲起来铿然有声、清脆悦耳，到了中年，就不免要坐下来沉思自己身上的铜锈了。

看《青铜时代》与《沉思者》使我想起一句阿拉伯成语：“人生包含两部分，一部分是往事，是一场梦；一部分是未来，是一点儿希望。”对刚刚起步的青年，未来的希望浓厚，对坐在椅子上沉思的中年，就大半是往事的梦了。

不久前，有一位在大学读书的青年来找我，他对铺展在前面的路感觉到徘徊、惶恐、无依，不知如何去走未来的路。我想，每个人的青年时代都要面临这样的考验，在青年时就走得很平稳的人几乎没有。有人说《青铜时代》是罗丹青年时期的自塑像，即使像他这样的大艺术家，显然也经过相当长久的挣扎，没有青铜时代的挣扎与试炼，就没有后来的罗丹。

现代人每天几乎都会在镜子前面照见自己的面影，这张普通的日日相对的脸，都曾经扬散过青春的光与热，可怕的不是青春时的不稳，可怕的乃是青春的缓缓退去。这时，“英雄的野心”是很重要的，就是塑造自己把握时势的野心，这样过了青春，才能无怨。

我曾注意观察一群儿童捏泥巴，他们捏出来的作品也许是童稚的、不成熟的，但我可以在那泥巴里看见他们旺盛茁长的生命与充满美好的希望。而从来没有一位儿童在看人捏泥巴时不自己动手，肯坐在一旁沉思。

每个人的青年期都平凡如一团泥巴，只看如何去捏塑。罗丹之所以成为伟大的艺术家，那是他把人人有过的泥巴、石头、青铜一再地来见证自己的生命，终于成就了自己。

能这样想，才能从《青铜时代》体会到更大的启示，一个升火待发的火车头总比一部行到终点的车头更能令人动容。

# 玫瑰奇迹

因此，我们可以这样说：

对一朵玫瑰而言，

生死虽是必然，

在生与死的历程中，

却有许多美丽的奇迹。

有一天，突然兴起这样的念头：到台北我曾住过的旧居去看看！于是冒着满天的小雨出去，到了铜山街、罗斯福路、安和路，也去了景美的小巷、木栅的山庄、考试院旁的平房……

虽然我是用一种平常的态度去看，心中也忍不住波动，因为有一些房子换了邻居，有的改建大楼，有的则完全夷为平地了，站在雨中，我想起从前住在那些房子中的人声笑语，如真如幻，如今都流远了。

我觉得一个人活在这个时空里，只是偶然的与宇宙天地擦身而过，人与人的擦身是一刹那，人与房子的擦身是一眨眼，人与宇宙的擦身何尝不是一弹指呢？我们寄居在宇宙之间，以为那是真实的，可是蓦然回首，发现只不过是一些梦的影子罢了。

我们是寄居于时间大海洋边的寄居蟹，踽踽终日，不断寻找着更大、更合适的壳，直到有一天，我们无力再走了，把壳还给世界。一开始就没有壳，到最后也归于空无，这是生命的实景，我与我的肉身只是淡淡地擦身而过。

我很喜欢一位朋友送我的对联，他写着：

**来是偶然，**

**走是必然。**

每天观望着滚滚红尘，想到这八个字，都使我怅然！可是，人间的某些擦肩而过，是不可忽视的，如果有情有义又有天真的心，就会发现生命没有比擦肩而过的一刻更美的。

我们在生命中的偶然擦肩，是因缘中最大的奇迹。世界原来就是这样充满奇迹，一朵玫瑰花自在开在山野，那是奇迹；被剪来在花市里被某一个人挑选，仍是奇迹；然后带着爱意送给另一个人，插在明亮的窗前，仍是奇迹。

因此，我们可以这样说：对一朵玫瑰而言，生死虽是必然，在生与死的历程中，却有许多美丽的奇迹。

人生也是如此，每一个对当下因缘的注视，都是奇迹。

我在从前常买花的花店买了一朵鹅黄色的玫瑰，沿着敦化南路步行，对每一个擦肩而过的人微笑致意，就好像送玫瑰给他们一样。

我不可能送玫瑰给每一个人，那么，就让我用最诚挚的心、用微笑致意来代替我的玫瑰吧！我们在生命中的每一个相会也是偶然的擦肩而过，在我们相会的一弹指，我深信那就是生命最大、最美、最珍贵的奇迹！

# 象牙球

手不能触摸，心灵是可以的。
有好几次，我简直听到
自己的心灵贴近的声音，
一贴近了一件稀世的奇珍，
等于听到一位艺术家走过的足音，
也借着他的足音，
体会了中国的万里江山，千百世代。

每隔一段时间，我总要到外双溪的台北故宫博物院走一遭，有时候也不一定去看什么先人给我们留下的宝物，只是想去那里走走，呼吸一些远古的芬芳。

台北故宫博物院的宝藏多到不可胜数，任有再好的眼力，也不敢拍胸脯保证说，看过了所有的宝物。因此在这里，散步往往像是平原走马，只知道到处都是汹涌的美景和无尽的怀思，有时候马走得太快，回来后什么都记不得，只有一种朦胧的美感，好像曾在梦里见过。

在台北故宫博物院的呼吸，又像是走进一个春天里繁花盛开的花园，有许多花我们从未见过，有许多花是我们见过而不知道名字的，但是我们深深地呼吸，各种花的香气突然汇成一条河流，从极远的时空，流过历史、流过地理，一直流到我们的心里来。我们的心这时是一个湖泊，能够涵容百川，包纳历史上无数伟大的艺术心灵。

每一位伟大的艺术家是一朵花的开放，进入了台北故宫博物院以后，我们也许看不见那朵花了，因为有的花很小，一点也不起眼，有的花即使很大，在花园里也是小的，那种感觉真是美，在花园里，一个小小的核桃舟，也和一幅长江万里图具有同样崇高的地位，令后人在橱窗前俯首。

我有时会突发奇想，那么多的中国人文艺术的宝藏，如果我们能穿透橱窗，去触摸那些精美的器物与图册，心头不知道会涌起什么样的感动，可惜我不可能去触摸，就如同在花园里不能攀折花木，即使感受到极处，也只能静静地欣赏和感叹。更由于不能触摸，不能拥有，愈发觉得它的崇高。

手不能触摸，心灵是可以的。有好几次，我简直听到自己的心灵贴近的声音，一贴近了一件稀世的奇珍，等于听到一位艺术家走过的足音，也借着他的足音，体会了中国的万里江山，千百世代。每件作品在那时是一扇窗，雕刻得细致的窗，一推开，整片的山色和水势不可收拾地扑进窗来。在窗里的我们纵是喝了三杯两盏淡酒，也敌不过那片山水的风急。

我有几位在台北故宫博物院工作的朋友，有时会羡慕他们的工作，想象着自己能日日涵泳在一大片古典的芬芳里，不知道是一件多么快乐的事。更何况每一件事物都有一段让人低回沉思的典故，即使不知道典故，我想一件精美的作品也是宜于联想，让思绪走过历史的隔膜。就拿一般人最熟悉的“翠玉白菜”和“白玉苦瓜”来说吧，我第一次看到这两件作品就像走进了清朝的宫殿，虽然查不出它们确切的年月，也不知道何人作品，我却默默地向创造它们的工匠顶礼。

翠玉白菜的玉原本是不纯的翠玉，没有像纯玉一样的价值，由于匠师将翠绿部分雕成菜尖，白玉雕成菜茎，还在菜尖上雕出两只栩栩如生的螽斯虫，使那原来不纯的玉，由于创作者的巧艺匠心，甚至比纯玉有了千百倍的价值，白玉苦瓜更不用说了。就是一块年代久远的汉玉，如果没有匠心，也比不上这两件作品的价值。

台北故宫博物院有许多作品都是这样的，不用谈到玉器，有许多铜器、铁器，甚至最简单的陶瓷器，它们原来都是普通的物件，由于艺术的巧思站在时间之上，便使它们不朽。但是我在台北故宫博物院的朋友仍然是不满足的，他们常常感慨八国联军之后，太多中国的宝物流入番邦，成为异国博物馆的稀世之珍，我们观赏不易，只有借着书籍图册来作乡愁的安慰。

我们总是恨不得中国的归中国，属于中国，这恐怕是不可避免的情感。据说法国人一再向英国政府提出请求，希望英国归还留在英女王皇宫中的法国家具，理由很简单：这些历史悠久的法国家具，在英国只是家具，在法国却是国宝，英国的不归还却没有理由，这种冷淡的态度曾令许多骄傲的法国人为之落泪。

中国流至世界各地的绝不仅止于家具，因此每次我看到各国的博物馆开出中国馆，展出连中国都没有的宝物时，虽不致落泪，却觉得无比惆怅，像一些滴落的血。

可叹的是，我们连争取都没有，只能在外国的博物馆里听黄发蓝眼的人发出的喝采声。有一回在西雅图美术馆看到许多精美无匹的唐三彩，使我在美术馆门口的脚步浮动，几乎忘记了怎么好好地走路。

最近，我在台北故宫博物院，曾仔细地站着欣赏几个象牙球，那些大小不一样的象牙球，即使隔着橱窗，还能看到球中有球，一层地包围着，最细小的球甚至可以往里面推到无限。

其实，象牙球在台北故宫博物院里只是最普通的宝物，也有许多流到外国，但一点也不减损它的价值——恐怕一个匠人的一生，刻不了几个象牙球吧！

在那一刻，我觉得中国艺术的珍藏，和文化的光华真有些象牙球似的，一层一层地发展出来，最后成为完美的圆形的实体。

我们看过不少外国文化艺术的巅峰之作，也曾令我们心灵震荡，但它的意义还比不上一个象牙球，因为象牙球只是中国艺术心灵的小小象征，它里面流着和我们一样的血，创作的人和我们有相同的文化，用相同的语言文字，甚至和我们有一样历史和地理的背景。

我觉得，台北故宫博物院给我最大的感动，是它让我们感到在浩浩土地悠悠历史中并不孤立，有许多流着和我们相同血液的伟大心灵陪伴着我们，环视着我们。这样想时，我就不再那么羡慕在台北故宫博物院工作的朋友了，因为我们不是研究者，只是欣赏者，从大角度看，台北故宫博物院只是一条血的河流，一个可以呼吸的花园，或者只是一种呼应着的情感。

能感受山之美的人不一定要住在山中，能体会水之媚的人不一定要住在水旁，能欣赏象牙球的人不一定要手握象牙球，只要心中有山有水有象牙球也就够了，因为最美的事物永远是在心中，不是在眼里。

## 咸也好，淡也好

聚与散、幸福与悲哀、
失望与希望，假如
我们愿意品尝，
样样都有滋味，
样样都是生命中
不可或缺的。

一个青年为着情感离别的苦痛来向我倾诉，气息哀怨，令人动容。等他说完，我说：“人生里有离别是好事呀！”他茫然地望着我。

我说：“如果没有离别，人就不能真正珍惜相聚的时刻；如果没有离别，人间就再也没有重逢的喜悦。离别从这个观点看，是好的。”

我们总是认为相聚是幸福的，离别便不免哀伤。但这幸福是比较而来，若没有哀伤作衬托，幸福的滋味也就不能体会了。

再从深一点的观点来思考，这世间有许多的“怨憎会”，在相聚时感到重大痛苦的人比比皆是，如果没有离别这件好事，他们不是要永受折磨，永远沉沦于恨海之中吗？

幸好，人生有离别。

因相聚而幸福的人，离别是好，使那些相思的泪都化成甜美的水晶。

因相聚而痛苦的人，离别最好，雾散云消看见了开阔的蓝天。

可以因缘离散，对处在苦难中的人，有时候正是生命的期待与盼望。

聚与散、幸福与悲哀、失望与希望，假如我们愿意品尝，样样都有滋味，样样都是生命中不可或缺的。

高僧弘一大师，晚年把生活与修行统合起来，过着随遇而安的生活。有一天，他的老友夏丏尊来拜访他，吃饭时，他只配一道咸菜。夏丏尊不忍地问他："难道这咸菜不会太咸吗？""咸有咸的味道。"弘一大师回答道。吃完饭后，弘一大师倒了一杯白开水喝，夏丏尊又问："没有茶叶吗？怎么喝这平淡的开水？"弘一大师笑着说："开水虽淡，淡也有淡的味道。"

我觉得这个故事很能表达弘一大师的道风，夏丏尊因为和弘一大师是青年时代的好友，知道弘一大师在李叔同时代，有过歌舞繁华的日子，故有此问。弘一大师则早就超越咸淡的分别，这超越并不是没有味觉，而是真能品味咸菜的好滋味与开水的真清凉。

生命里的幸福是甜的，甜有甜的滋味。
情爱中的离别是咸的，咸有咸的滋味。
生活的平常是淡的，淡也有淡的滋味。

我对年轻人说："在人生里，我们只能随遇而安，来什么品味什么,有时候是没有能力选择的。就像我昨天在一个朋友家喝的茶真好，今天虽不能再喝那么好的茶，但只要有茶喝就很好了。如果连茶也没有，喝开水也是很好的事呀！”

附录

# 林清玄经典语录

1. 我们只有一条命，要卖给识货的人。

2. 对于一个不相干的、不了解的事情，所有的言说都是自心的显现与投射。为别人心理的投射而生气，不是太不值得了吗?

3. 安静无言并不是陷入空白,而是有一个更深广、更澄明的所在。

4. 最好的表达是沉默，而不是语言。

5. 今天扫完今天的落叶，明天的树叶不会在今天掉下来，不要为明天烦恼，要努力地活在今天这一刻。

6. 这么多年来，我同情那些最顽劣、最可怜、最卑下、最被社会不容的人，我时常记得老师说的：在这个世界上，关怀是最有力量的。

7. 每次转变，总会迎来很多不解的目光，有时甚至是横眉冷对千夫指。但对顺境逆境都心存感恩,使自己用一颗柔软的心包容世界。柔软的心最有力量。

8. 生命是那样美好，建议大家多做深呼吸，体会空气的清新，体味事物的美好。我喝水时总会想这也许是我喝过的最美味的水，时时要保持一种爱，学会欣赏美，唯有爱和美才是心灵的故乡。

9. 关键是觉悟，人生的快乐痛苦都是觉悟。

10. 人生大势成久必败,败久必成,是非成败转头空,几度夕阳红。

11. 举世都在追求成功的时候，我们虽不必追求失败，对成功却要有最好的心理准备，就好像在为天的时节准备冬衣一样。

12. 面对人生难以管理的生老病死，我们能以起承转合去寻找心灵的故乡。人总是有限制的，但有梦总是最美的。

13. 我，宁与微笑的自己做搭档，也不与烦恼的自己同住。我，要不断地与太阳赛跑，不断地穿过泥泞的路，看着远处的光明。

14. 山谷的最低点正是山的起点，许多走进山谷的人之所以走不出来，正是他们停住双脚，蹲在山谷烦恼哭泣的缘故。

15. 虽然儿女像风筝远扬了，父母的心总还是绑在线上。充满爱的脸是文字难以形容的。爱，只能体会，不能描绘。

16. 第一流的人物看白云虽是至美，却不想拥有，只想心领神会。今生今世，情如白云过隙，物则是梦幻泡影。

17. 一个人对于苦乐的看法并不是一定，也不是永久的。许多当年深以为苦的事，现在想起来却充满了快乐。

18. 害怕失去才是痛苦的根源。

19. 我们看不见云了，不表示云消失了，是因为云离开我们的视线；我们看不见月亮，不表示没有月亮，而是它远行到背面去了；同样的，我们的船一开动，两岸的风景就随着移动，世界的一切也就这样了。人的一生就像行船，出发、靠岸，船本性是不变的，但岸身体在变，风景经历就随之不同了。

20. 所有的束缚是自己造出来的,只有自求解脱才是唯一的道路。

21. 既生而为人，就要承担，安然接受人生可能发生的一切。

22. 所有的比较都是一种执着。

23. 外来的比较是我们心灵动荡不能自在的来源。

24. 那最美的花瓣是柔软的，那最绿的草原是柔软的，那最广大的海是柔软的，那无边的天空是柔软的，那在天空自在飞翔的云，最是柔软的！

25. 独乐，是一个人独处时也能欢喜，有心灵与生命的充实；独醒，是不为众乐所迷惑，众人都认为应该过的生活方式，往往不一定适合我们。

26. 每个人都有伤心的地方，但是每个人的伤心都不一样。

27. 没有人能束缚我们，除了我们自己。

28. 你有想过到办公室的顶楼看一夜的星星吗？

29. 在时间上、在广袤里、在黑暗中、在忧伤深处，在冷漠之际，我们若能时而真挚地对望一眼，知道石心里还有温暖的质地，也就够了。

30. 曾以寻死的心活着，被迫超越，也曾主动超越，不管梦是否实现，有梦总是最美的。

31. 快乐活在当下，尽心就是完美。

32. 因缘固然能使我们相遇，也能使我们离散，只要我们足够明净，相遇时就能听见互相心海的消息，即使是离散了，海潮仍然涌动，偶尔也会记起，海面上的深夜，曾有过水母美丽的磷光，点缀着黑暗。

33. 我们心的柔软，可以比花瓣更美，比草原更绿，比海洋更广，比天空更无边，比云还要自在。柔软是最有力量，也是最恒常的。

34. 让世界的吵闹去喧嚣它们自己吧！让湖光山色去清秀它们自己吧！让人群从远处走来或者自身边擦过吧！我只要用四个手掌，围成一个小小的谷，纯粹只有我们自己的风雨中，我们的世界里唱着一首暖暖的歌。

35. 许久以来，我一直在找一个理由来说明我为什么爱你，可是我找不到，因为我不能把对你的爱只限定于一个理由。

36. 我们要全心全意默默地开花，以花来证明自己的存在。

37. 记忆是不可靠的，遗忘也可能是美好的。文学家与科学家不同，文学家不去寻找增加记忆的魔药，而让记忆自然地留下，记在文字上，或刻在心版上，随时准备着偶然的相遇。与十年前的美相遇了，就有两次的美；与二十年前的善相遇了，就有加倍的善。

38. 总有无价的东西，在我们没有到过、永远不会去、不会遇到的人那里，这是创作者不断探索、不断写作的理由。或许，一辈子也到不了；或许，一生也遇不到；但因为我们见过彩虹，我们就有理由相信，将会看见更美的彩虹。当然，在追寻彩虹的日子，我们也不会忘记每天面包出炉的时间。

39. 身如流水，日夜不停地流去，使人在闪灭中老去。心如流水，没有片刻静止，使人在散乱中活着。

40. 举世都在追求成功的时候，我们虽不必追求失败，对成功却要有最好的心理准备，就好像在为天的时节准备冬衣一样。

41. 一个人对于苦乐的看法并不是一定，也不是永久的。许多当年深以为苦的事，现在想起来却充满了快乐。

42. 我们会认为阳光是来自太阳，但是在我们心里幽暗的时候，再多的阳光也不能把我们拉出阴影，所以阳光不只是来自太阳也来自我们的心。只要我们心里有光，就会感应到世界的光彩；只要我们心里有光，就能与有缘有情的人相互照亮；只要我们心里有光，即便在最阴影的日子，也会坚持温暖有生命力的品质。

43. 爱情无常。

44. 每一朵花都是安静地来到这个世界，又沉默离开，若我们倾听，在安静中仿佛有深思，而在沉默里也有美丽的雄辩。

45. 生命的勇气有时是由一些极淡远的幸福所带来的。

46. 你非草木，怎么知道草木是无心的呢？你说人有心，人的心又在哪里呢？

47. 境界高的人生，并不在于永远有顺境，而是不论顺逆，也能用很好的情味去面对。

48. 人生的忧欢都只是客人而已。

49. 特别相知的朋友往往远在天际。

50. 人的心灵是最脆弱的，可惜这种脆弱最不容易被看见。

51. 最好的对饮是什么都不说。

52. 人生苍凉历尽后，中夜观心，看见，并且感觉，少年时沸腾的热血，仍在心口。

53. 缘是随愿而生的。

54. 想起少年时代的情怀与往事，都已经远去了，是镜花、也是水月。那一切的水月和歌，虽曾真实存在过，却已默默流失，这就是无常。

55. 我们心中所存在的一些美好的想象，有时候禁不起真实的面对。

56. 这个世界最美好的事物，都是语言文字难以形容与表现的。

# 后　记

本书是著名作家林清玄先生的一本哲理散文集。林清玄是台湾作家中最高产的一位，被誉为“当代散文八大家”之一。他的作品有《莲花开落》、《冷月钟笛》、《白雪少年》等，写尽世间百态，诉说禅意人生。林清玄文笔优美、文思畅达，纯净如清泉，明媚似春光，一字一句都能给人以力量的感召。

用“心静如水，人淡如菊”八个字来形容林清玄是最好不过的了。林清玄的文章，清新淡雅，如缓缓流淌的细流，温润了心田；宁静致远，如浩瀚辽阔的长空，引人无限遐思。

本书中，作者用悲天悯人的情怀，抒发了对生命的理解及感悟，构建了一个和谐优美的人文社会，带给读者无尽的哲学思考及生活感悟。

品读一篇好的文章，犹如在炎热干燥的沙漠里逢着一片绿洲。林清玄的散文看似朴实无华，却在字里行间中尽显生活的真谛。细心品味你会发现，每一篇文章都充满欣喜与感动，每一段文字都有让心灵更加透彻纯净。

时间流转，岁月留香，而林清玄的散文将经得起时光年轮的考验。

在他的散文中，世间万物都可以幻化成指尖的音符，或激荡、或低沉、或悠扬、或平静，一切都取决于你自己心灵的视角和对生活的感悟。